LA NIÑERA VIRGEN

EL PACTO DE LAS VÍRGENES, LIBRO 2

JESSA JAMES

La niñera virgen: Copyright © 2017 Por Jessa James

Todos los derechos reservados. Ninguna parte de este libro puede ser reproducida o transmitida en ninguna forma o por ningún medio electrónico, digital o mecánico incluyendo, pero no limitado a fotocopias, grabaciones, escaneos o cualquier tipo de almacenamiento de datos y sistema de recuperación sin el permiso expreso y escrito de la autora.

Publicado por Jessa James
James, Jessa
La niñera virgen

Diseño de portada copyright 2020 por Jessa James, Autora
Imágenes/Crédito de la foto: Deposit Photos: alla.foto-alla.ru; karandaev

HOJA INFORMATIVA

FORMA PARTE DE MI LISTA DE ENVÍO PARA SER DE LOS PRIMEROS EN SABER SOBRE NUEVAS ENTREGAS, LIBROS GRATUITOS, PRECIOS ESPECIALES, Y OTROS REGALOS DE NUESTROS AUTORES.

http://ksapublishers.com/s/c4

1

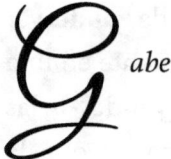abe

Ni siquiera había pasado por la puerta del frente de la casa de mi mejor amigo y mi pene ya estaba duro. No era por él, obviamente. No fue solo Greg quien respondió a la puerta, con él estaban dos mujeres jóvenes. Una era su nuevo amor, Jane, y aunque era bonita, era su amiga quien me hizo sentir como un jovencito que acababa de ver tetas por primera vez. Mary no solo capturaba mi atención, también la de mi pene.

Cuando Greg me dijo que tenía a alguien en mente para hacer de niñera de Ashley, mi sobrina, esperaba una adolescente socialmente rara que hubiera salido mal parada de la pubertad. ¿No eran así como se interpretaban las niñeras en películas, siempre con gafas, flequillos y una frente llena de granos?

La miré a Mary, de pie a cabeza. Sí, tenía flequillo, pero sus ojos color esmeralda estaban libres de gafas y cada pulgada de su hermosa piel lucía perfecta. Ni siquiera parecía que estuviera usando maquillaje. Aunque ella era muy sutil, atraía la atención. Atrajo la mía.

Parpadeé un par de veces y miré instantáneamente esas tetas de copa D. No quise hacerlo, pero me estaban apuntando. Cuando alcé la mirada, pude ver que la sonrisa de Mary se convirtió ligeramente en una sonrisa traviesa. Como yo era bueno "leyendo" a las personas, percibí que le gustaba la forma en que la miraba por cómo reaccionaba ante mis ojos puestos en ella. Debía comportarme, lo sabía, pero no podía controlar el impulso de comérmela con los ojos, aunque verdaderamente lo que más deseaba era tocarla, besarla y saborear esa piel cremosa, provocándole un rubor en sus mejillas mientras la hacía gemir de necesidad, al llenarla con mi pene. Quería ver cómo sus curvas se balanceaban mientras la penetraba duro y hasta el fondo. Dios, estaba jodido y ni siquiera había pasado el umbral de la puerta.

Era un animal por pensar en ella de esa forma, pero no podía evitarlo: era hermosa, con su cara oval y sus pómulos altos... y sus piernas delgadas y sexys, su trasero redondo. Su cabello era largo y oscuro, casi negro y enmarcaba su cara perfecta, con sus labios rosados y ojos verdes que brillaban con inocencia y deseo al mismo tiempo. Mirarla hacía que mi cuerpo estuviera en alerta máxima y mi pene se pusiera duro. Esta era una mujer a la que podía enseñar, proteger y disfrutar completamente al introducirla en el mundo del sexo, del calor y del placer que dejan a uno sin aliento. No tenía duda de que ella era inocente. Puede que hubiera follado con algún chico de secundaria, de su edad, pero no había duda de que ella no había estado con un *hombre*. De la mayoría de las mujeres que me gustaban, siempre tenía que escoger entre inocente o sexy. No podía tener ambas. ¿Pero con Mary? Ella era perfecta, era las dos cosas a la vez . Y la deseaba.

Sin embargo, era algo estúpido. Tenía dieciocho. Era la mejor amiga de Jane. La maldita niñera. Y así de rápido me sentí como un idiota. Un verdadero imbécil, pero esto era amor a primera vista o una mierda parecida porque no podía evitar pensar que ella iba a ser mía. Mary era mía, solo que no lo sabía todavía.

—Hey, amigo, ¿estás bien? —Las palabras de Greg me trajeron de vuelta a la Tierra.

—Sí. —Me recuperé fácilmente de mi sueño. —¿Así que tú eres Mary?

Nuestros ojos mantuvieron el contacto, mis ojos azules con sus ojos verdes. Ella me miraba con su labio inferior como haciendo pucheros, y sus brazos estaban cruzados, uno encima del otro, justo debajo de sus senos. Con el apoyo adicional de sus brazos, su escote era más pronunciado al igual que su sonrisa. No sabía a dónde mirar.

—Encantada de conocerte...

—Gabe. —Fue mi respuesta y estiré mi brazo para darle un apretón de manos.

—Eso es muy formal —respondió Mary. Avanzó un paso, dos pasos, se me acercó, abrió sus brazos y me abrazó. Yo estaba demasiado sorprendido para abrazarla, demasiado sorprendido por el contacto de sus senos en mi pecho.

—¿No me digas que abrazas a tus maestros de esa forma? —le pregunté con un tono bromista. Cuando se alejó, me levantó una ceja y giró para mirar a Greg. Él enseñaba educación cívica y gobierno en la escuela privada para chicas que estaba cerca de aquí y Mary había sido su estudiante. Acababa de graduarse y quería ganar algo de dinero antes de comenzar la universidad en el otoño. Yo estaba buscando una niñera.

Mi hermana había tomado un empleo de seis meses en Medio Oriente y y le había prometido que cuidaría a Ashley, su hija de dos años. Sin embargo, yo también necesitaba trabajar. Al ser un arquitecto, los sitios de construcción no eran el mejor lugar para llevar a una niña pequeña. Cuando miré a Mary, no pude evitar pensar que el cielo me la había enviado. No solo lucía como un ángel, ella era uno. No sabría qué hacer sin una niñera. Amaba a mi sobrina, pero no podía estar con ella las veinticuatro horas, los siete días de la semana. Además, tampoco tenía ningún instinto materno.

—¿Alguien tiene hambre? ¡Yo estoy hambrienta! —exclamó Jane. Greg encontró a su mitad con ella y por la mirada satisfecha que tenía, él la había puesto donde más quería: debajo de él. O quizás en su regazo o en sus manos y rodillas. No estaba interesado en Jane y mis pensamientos se desviaban a imaginar a Mary en esas posiciones. Conmigo.

—¿Greg te hizo cansar? ¿Por eso tienes tanta hambre? —le dijo Mary en tono burlón y yo me atoré. Sí, estaba pensando lo mismo, ¿pero esas palabras salieron de la dulce Mary?

Miré a Jane y luego a Greg y pude notar que las mejillas de Jane comenzaron a sonrojarse. Ese era el tipo de mierda con que le bromeaba siempre a Greg y era por eso que éramos amigos. Que Mary se uniera a la broma hizo que fuera el doble de interesante. Esperaba poder hacerla sonrojar de esa forma.

No podía evitar mirar a esta chica... o mejor dicho, mujer. Mujer, a eso me refería. Para un par de chicas de dieciocho años, Mary y Jane lucían muy maduras, ya crecidas, de una forma extremadamente buena. Sus ropas eran ajustadas, destacaban sus pechos alegres y traseros firmes, pero Mary me noqueaba totalmente con su gran sonrisa que hacía que mi pene temblara. Algo que no era bueno, no ahora. No en frente de Greg, aunque un hombre que no las mirara era probablemente gay. Con razón Greg había enloquecido por Jane.

Cuando me dijo por primera vez que estaba caliente por una chica de dieciocho años, yo comencé a lanzarle mierda. Greg era guapo y sabía cómo trabajar su barba. Era un abogado, o lo sería una vez que pasara su examen. Era un buen candidato. Las mujeres de su edad se lucían para él, pero según Greg, había algo en Jane, algo que lo hizo meterse en una relación comprometida. La última vez que había hablado con él me había comentado lo del matrimonio, algo que me parecía una locura. Él no se lo había pedido a Jane todavía, pero ella prácticamente se había mudado con él. Su familia, por lo general, se la pasaba viajando por el mundo, así que dedicar su tiempo a Greg le pareció a Jane que era una buena alternativa. Y si yo tuviera una mujer así en mi cama cada noche...

—Solo estás celoso porque no tienes una novia caliente y joven... y sexo cuando quieres —respondió Greg. Sí, él había leído mi mente.

—Eso es oro, hermano. —Le palmeé la espalda— Me atrapaste ahí. Sin sexo cuando quisiera y estoy cansado de pasar las noches solo.

—Hmmm... —mi cabeza se movió para mirar a la

dueña de esa suave voz. Mary me estaba observando con una ceja levantada curiosamente antes de curvar sus labios en una pequeña sonrisa. Luego desvió la mirada y enlazó su brazo con el de Jane.

—Escuché que vamos a comer filetes —dijo ella—. Ayudaré a arreglar todo.

—Toda la comida está preparada —le dijo Greg—. Solo necesito cocinar los filetes. Adelante.

Greg y Jane nos tomaron de las manos y nos llevaron a la cocina.

—Gracias por invitarme a cenar, señor Parker. Su hogar es acogedor —Mary dijo.

—No, gracias a ti. —Fue su respuesta antes de mirarme por un segundo. —Le vas a hacer a Gabe un gran favor al cuidar a su sobrina por este verano.

—No hay problema, me encantan los niños —respondió ella y me miró a los ojos—¿Qué tan seguido tengo que verla?

Antes de poder abrir mi boca, Greg fue rápido en responder.

—Antes de que comiencen a hablar de negocios y se pongan aburridos, vamos a comer primero. Las papas y la ensalada están listas y los filetes saldrán en unos minutos.

Con una serie de asentimientos, los tres nos sentamos. Yo me senté al lado de Mary y nuestras piernas se estaban tocando debajo de la mesa y no pude evitar emocionarme por dentro.

"Maldición", pensé.

"Maldición. Maldición. Maldición". Estaba en problemas. Mi pene estaba creciendo solo por rozar sus piernas. Eso fue en lo único en que pensé durante la cena. Cuando Mary ató su cabello negro en una cola de caballo, exponiendo su nuca, no pude evitar dejar de respirar. Intenté lo mejor que pude ser sutil. Cuando Mary abrió sus labios rojos y hermosos para morder el filete, puse toda mi voluntad para no imaginarme cómo lucirían sus labios en mi pene. Cuando ella conversaba con facilidad, con su voz ligera y femenina, descubrí que era inteligente e ingeniosa, además de hermosa. Todo en ella me provocaba querer experimentar más. Diablos, quería saborearla. Toda.

—¿Cómo está tu filete? —preguntó Mary.

Por cortesía, y por un pequeño empujoncito de mi pene, la miré y me quedé mirándola, de hecho. Mis labios pasaron a ser una ligera sonrisa y ella se giró para que su pecho estuviera apuntando directamente hacia a mí. Mis ojos bajaron a su escote de forma automática. No pude evitarlo. Era un hombre y demonios... era hermoso y estaba muy cerca. Puse mis manos en puños para contenerme de agarrarlos y sentir lo pesados que eran y cómo se sobresaldrían de mis dedos. Cuando volví a mirarla a los ojos, su sonrisa había pasado a ser una sonrisa traviesa y curiosa. Era como si se estuviera burlando.

No había duda de que Mary estaba coqueteando.

Yo tenía experiencia con mujeres que intentaban atraer mi atención; sabía la mayoría de las cosas que tenían en su bolsa de trucos y parecía que Mary estuviera jugando el mismo juego. Sacudí mi cabeza ligeramente. No quería pensar mucho en eso. ¡Tenía dieciocho años!

Cuando yo tenía dieciocho, era un chico raro y larguirucho que no sabía coquetear. Las chicas también eran iguales. Todos éramos inocentes y sabíamos casi nada cuando se trataba de atraer al sexo contrario. Por lo que parecía, Mary no tenía problemas en atraer mi atención. Demonios, no iba a poder olvidarla. No, su aroma, sus ojos, sus curvas quedaron impresas en mi cerebro. Ella me tenía a mí y a mi pene amarrados en su dedo.

—¿Gabe? —Mary me llamó cuando yo no le había contestado aún.

—Está genial. ¿Quieres un poco?

Corté mi carne automáticamente en una pequeña porción y se la llevé directamente a su boca. Vi cómo sus ojos se abrieron por la sorpresa. No pude mover mi cabeza mientras la miraba. Desde sus pómulos hasta sus labios, cada parte de ella se complementaba para formar una obra maestra. Finalmente, se inclinó, abrió sus labios y probó mi filete. Cuando la carne en su punto tocó su lengua, ella cerró los ojos para saborearla, antes de abrirlos de nuevo. Demonios, ese sonido que hizo. Parte gemido, parte suspiro, yo quería que hiciera ese sonido de nuevo, pero cuando se corriera con mi pene.

"Esto es el comienzo de un maldito video porno", pensé.

Especialmente con la forma en que se movía, femenina, con juventud y calculadora, era difícil no querer saber más sobre ella. No actuaba o hablaba o lucía como alguien de dieciocho años. A mi pene no le importaba la edad. Importaba que ya era legal, hermosa, inteligente y que yo le gustaba. Ella sería mía, sin dudas.

Mientras la cena continuaba y la conversación seguía y se convertía en más informal, comencé a verla como a alguien que no le gustaba ser tratada de acuerdo con su edad. Hablaba sobre sus planes para el futuro, iba a estudiar educación temprana ya que quería ser una maestra de prescolar. A medida que hablaba, podía ver que era noble y yo me encontraba queriendo saber más y más sobre ella. No era solamente la chica sexy de la escuela católica que endurecía mi pene. Sin embargo, imaginarla en su falda de uniforme hacía que mi pene se presionara dolorosamente más contra mi pantalón.

Mary era un ser humano complejo que quería más de la vida que solo vivir. Tenía sueños y esperanzas e iba a atravesar el país para ir a la universidad.

—¿Estás lista para la gran mudanza? —le pregunté. Jane acababa de regresar de la cocina para traer el pastel de queso de fresas que había sacado del refrigerador. Cortó una porción para cada uno, nos entregó los platos y luego se sentó al lado de Greg. Todos los ojos estaban enfocados en Mary.

—Hmm... —Había algo de duda en su voz. —En realidad, no. Honestamente, como no me quiero mudar, había planeado ir a la universidad local, pero mi mamá me dice que una universidad específica es mejor para obtener un título en educación y que esa será la única escuela que ella pagará.

Yo fruncí el ceño.

—Estoy seguro de que puedes hablar con ella —le dije, sacando una sonrisa que Mary me regresó. Su madre parecía una perra si estaba decidiendo a dónde tenía que ir su hija a estudiar. ¿Retirar el dinero si era para otro lugar? Eso era chantaje. Como no quería verla enojada y esta conversación, claramente, estaba arruinando el ambiente, decidí cambiar el tema.

—Estoy agradecido de que te encontré para que cuidaras a Ashley. Prometo que ella sabrá comportarse.

Mary fue rápida al sacudir la cabeza, al estar visiblemente en desacuerdo con lo que acababa de decir.

—¡Pero si tiene dos años! No debería comportarse todo el tiempo. No es un problema. Lo juro. Me encantan los niños y ya tengo planeado llevarla a algunos parques y al museo de ciencias. Estoy segura de que habrá más que tiempo suficiente para llevarla también al zoológico.

—Reserva el zoológico para el fin de semana —le dije rápidamente—. Los tres iremos juntos.

No pude evitar ver las sonrisas que aparecieron en las caras de Jane y Greg. Mi amigo me miró y levantó una ceja. Sí, yo estaba igual de jodido que él. No, yo esperaba estar igual de jodido que él *en todo sentido*. Pronto. Solo tenía que desnudar a Mary debajo de mí y mostrarle que era mía.

Jane comenzó a sacudir su cabeza mientras me miraba a mí y a Mary. Sabía lo que ella y Greg estaban pensando. Si bien nos habían presentado como empleador y niñera, también habían hecho de casamenteros, ¿cierto? No me importaba para nada que hubieran pensando en eso. Yo solo quería a Mary, de cualquier forma.

—Los dejamos solos —dijo Greg, llevándose los platos de la mesa de la mesa y dejando el pastel— Estoy seguro de que quieren llegar a un acuerdo antes de que Mary comience a cuidar a Ashley. Jane y yo estaremos en la cocina...

Sí, casamenteros. Me servía. Tenía que recordar invitarle una cerveza a Greg la próxima vez que saliéramos. Le debía una.

Cuando los dos abandonaron la habitación, me volteé para ver a Mary y prestarle toda mi atención. Nuestras piernas se chocaron una vez más y ella me miró con una mezcla de sonrisa y burla. Con lo cerca que estábamos, no podía evitar inhalar su aroma de mujer y supe en ese preciso instante que ya no habría vuelta atrás.

Mary podría ser la nueva niñera, pero no había ninguna maldita forma en que pudiera mantener mis manos lejos de ella.

2

ary

¡POR FIN LO HABÍA ENCONTRADO: el hombre que tomaría mi virginidad!

Me había comenzado a preocupar que iba a ir a la universidad sin haber pasado de la segunda base y no quería ser la última de mis amigas en hacerlo. Perder mi virginidad. Jane lo había logrado con un *home-run* solo una semana después de nuestra graduación. Ella me lo había contado todo. Bueno, casi todo y yo estaba tremendamente celosa. Me acostaba en mi cama, me tocaba y me imaginaba a mi propio hombre caliente. Un hombre que me diría qué hacer, que me tomaría, que me follaría y me llenaría. Noche tras noche había soñado con él y ahora lo había encontrado.

Había pasado un mes desde la graduación. Además del asunto de perder la virginidad, quería estar fuera de mi casa porque siempre que estaba ahí sentía que mis niveles de estrés iban a subir demasiado. Mi mamá era la culpable de todo. Ir a la universidad local sería mucho más accesible, pero ella estaba dispuesta a pagar miles de dólares por semestre para que atravesara el país para que ella pudiera pasar tiempo a solas con su prometido.

Sí, todo ese discurso de "esa universidad tiene el mejor programa de educación" era una mierda. Lo cierto era que podía escuchar sus gritos de apareamiento desde mi habitación. A ellos ni les importaba si yo escuchaba o veía lo que estaban haciendo. Cenar con esos dos era una pesadilla. Siempre se estaban tocando, más de lo que comían, y justo en frente de mí.

Quería irme de esa casa igual tanto como ella quería que me fuera, pero no tenía que irme a dos zonas horarias de distancia para darles espacio. Ir a cenar a casa del señor Parker para conocer al tipo que necesitaba una niñera de verano fue lo mejor, porque además podría evitar ver a mi madre llevar a Bob a su habitación. *Ajj*. Jane llamó y yo acepté inmediatamente. Solo tenía que recordar que el señor Parker ya no era mi maestro y tenía que llamarlo Greg.

Sin embargo, no estaba interesada en Greg. Quería

a Gabe. Quería el tacto de un hombre, lo quería a él. Sus besos. Su pene. Quería que él me reclamara y me follara. Gabe era, prácticamente, un regalo de dios para las mujeres, tenía un cabello oscuro y suave y unos ojos azules hipnotizantes. Sin mencionar su cuerpo... Yo pensaba que el señor Parker sería el único hombre en forma porque Jane siempre hablaba de eso, pero en el momento en que vi a Gabe, tuve que intentar, lo mejor que pude, evitar que viera que mis pezones estaban duros y me preguntaba si él sabría que mis bragas estaban arruinadas. Me había comportado y, finalmente, obtuve el trabajo.

Después de la cena, cuando el señor Parker y Jane se excusaron y fueron a la cocina, Gabe y yo nos pusimos a conversar sobre negocios, sobre mi nuevo empleo. Él me dijo cuáles serían mis horas de trabajo, seis horas al día, y cuánto me iba a pagar, veinte dólares la hora. Era el doble de lo que obtendría trabajando en una tienda. Si bien nunca había trabajado antes y, afortunadamente, no tenía que hacerlo, tener algo de experiencia sería bueno para mi currículum, aunque solo fuera por ser niñera. Además, a mí me encantaban los niños, siempre llenos de energía inocente, y una parte de mí la extrañaba.

La secundaria fue, más que nada, pretender saber más de lo que en realidad sabíamos. No podíamos dejar que nadie supiera que éramos vírgenes. Pretendíamos que éramos "demasiado geniales para esa escuela". Jugábamos juegos como "girar la botella" o "verdad o reto" como si los hubiéramos jugado todas nuestras vidas. Honestamente, fue un respiro de aire fresco haber salido de eso. Solo necesitaba perder mi virginidad antes de ir a la universidad o volvería al comienzo, a pretender saber más de lo que sabía.

Giré a la izquierda y conduje por la calle hasta que vi el número de la casa de Gabe, el sesenta y nueve. No pude evitar sonreír y sacudir mi cabeza cuando lo vi. No sabía que un número podría hacerme sentir tan caliente. La idea de hacer algo así con Gabe, bueno... me mojó en mi asiento mientras presionaba el freno y apagaba el motor. Me tomé mi tiempo en bajar del auto y caminar al porche del frente.

La casa de Gabe se destacaba de las otras de la calle, incluso por la subdivisión. Siendo un arquitecto, no había duda de que le había dedicado tiempo, esfuerzo e imaginación para crear el lugar de sus sueños. Desde el suelo hasta las ventanas, hasta la madera y el hierro negro que detallaban la estructura, el diseño era algo que no había visto en ningún lado. Sí, lucía similar a esas las de revistas de casas de alto nivel y no era como el resto de las casas copia que había en la calle.

Gabe era muy fornido; probablemente, por ser un arquitecto y por estar en la construcción estaba tan en forma, bronceado y musculoso. Recordé que Gabe había mencionado durante la cena que tenía algunos proyectos y tenía que visitar constantemente los lugares para supervisar la construcción. Mi mente comenzó a imaginarlo cargando sacos de grava o manejando tractores y otras cosas. Podía visualizarlo optando estar sin camisa por el calor del sol de la tarde con el sudor recorriendo su cuerpo cincelado. Lo imaginaba levantando un martillo, usándolo, con sus músculos tensándose.

"Maldición". Ya estaba caliente y mojada. "Cálmate, mujer", me recordé. Estaba yendo a su casa para ser niñera... no para follarlo. Bueno, al menos, no el primer día.

Durante el camino hacia la casa de Gabe, ya me sentía emocionada y nerviosa. Había intentado coquetear con él la noche de la cena con Jane y el señor Parker. No estaba segura de si él sabía que estaba intentando atraer su atención. Lo había atrapado mirándome o viéndome el escote de vez en cuando, pero él nunca se esforzó para elevar la tensión sexual, que estaba sintiendo, al siguiente nivel. Bueno, excepto esa vez que me hizo morder su filete. Cortó un pedazo para mí, me lo alcanzó a la boca y recuerdo lo cerca que estuvieron nuestras caras. Pude ver el brillo de sus ojos azules y lo largo de sus pestañas. Eran inusualmente largas para un hombre y lo hacían, incluso, más atractivo.

—Te escuché estacionar. —La puerta se abrió

antes de que tocara el timbre. —Entra. Entra. Llegas a tiempo.

Asentí, sonreí y entré a su casa. Mi hombro tocó ligeramente su pecho y yo intenté seguir respirando con naturalidad, aunque mi cuerpo comenzaba a sentirse caliente y el botón que él tenía desabrochado no me ayudaba. Lucía como un hombre, muy diferente de los chicos que iban a la escuela católica de solo chicos con los que usualmente teníamos bailes y fiestas. Gabe llevaba unos jeans oscuros y una camisa azul marino de mangas largas. Combinó su vestimenta con unos mocasines marrones, y juro que estaba lista para correrme solo de mirarlo. La camisa le quedaba tan bien toda estirada por su pecho. Solo acentuaba y definía sus fuertes brazos y sus abdominales.

—Estás... ven, te presentaré a Ashley —dijo él, girando y dándome la espalda cuando comenzó a caminar por el pasillo.

No pude evitar sacar automáticamente mi labio inferior como haciendo pucheros y me sentí un poco decepcionada o rechazada o, quizás, él no supiera lo que yo estaba tratando de hacer. A pesar de que intentaba que tuviera sexo conmigo, él probablemente solo veía a una niña de dieciocho años. Maldecí internamente. "Maldición", tenía que esforzarme más. No podía seguir siendo virgen. Sería el hazmerreír en la universidad.

La presentación con Ashley fue... normal. Al principio, la niña fue tímida, escondiendo el rostro en su sabana favorita mientras se sentaba en el sofá y veía Plaza Sésamo. Solo cuando hice algunas caras graciosas, comenzó a sonreír. Cuando le pregunté a Gabe la historia de sus padres, me dijo que el padre había abandonado a su hermana cuando estaba embarazada. Desde que Ashley nació, él había estado haciendo todo lo que podía para ayudar a su hermana a criar a la niña. Yo sentí que mi corazón se apretaba con cada minuto por la forma en que él amaba a su sobrina, y eso me hizo pensar en cómo sería con otros niños. Sus propios hijos, algún día. Eso era otra cosa que yo no conocía y, mientras hablábamos, aprendí más sobre él. Finalmente, unos minutos pasaron y su teléfono comenzó a sonar. Ignoró la llamada y luego se giró para mirarme, aunque pude sentir que su mente había comenzado a pensar en el trabajo.

—Tengo que ir a la oficina —dijo él, haciendo un movimiento para despedirse de Ashley. Después de un abrazo y un beso, se paró y se me acercó. —¿Estarás bien? —me preguntó.

Asentí y crucé mis brazos de nuevo. No pude evitar ver cómo miraba mis senos, pero no pronunció palabra alguna. No dijo nada. Solo vi el calor en sus ojos. Obviamente, no podía hacer algo más en frente de su sobrina.

—Mi número está en el refrigerador por si necesitas llamarme. También hay información de emergencia.

—Oh, de acuerdo. Estaremos bien aquí, ¿cierto, Ashley? —le pregunté, sonriéndole a la pequeña. Ella no sabía de qué estábamos hablando, pero parecía estar a gusto conmigo.

Con otro asentimiento, Gabe finalmente se fue. Poco después escuché el sonido del motor de su auto encendiéndose y él se marchó. Fui a sentarme con Ashley en el sofá y vimos Plaza Sésamo unos minutos en silencio. Solo cuando comenzaron los créditos, ella dijo algo incomprensible y apuntó a unos bloques de construcción de colores que estaban apilados en el estante superior de la habitación. Los agarré y los coloqué en el suelo. Ashley se acercó y comenzó a construir lo que parecía una torre de tres pisos rectangular.

El día pasó sin problemas. Después de varias horas de jugar, la pequeña se puso quisquillosa y durmió una larga siesta. Mientras ella dormía, yo me puse a pensar qué sucedería cuando Gabe regresara a casa. Las horas pasaban como si fueran días.

Los días con Ashley terminaron siendo una rutina; las horas pasaban mientras ella jugaba y aprendía. Sentía que la niña sabía más de lo que yo sabía a su edad. Podía combinar figuras, colores y números y hasta podía etiquetar ciertas partes del cuerpo en un libro para niños. Para divertirse, tenía bloques de construcción, legos de tamaño intermedio y una piscina inflable en el patio.

Yo no veía mucho a Gabe, además de un rápido "hola" cuando se iba a trabajar o un "gracias" cuando me iba a casa. Tres días a pura cortesía. Tres días de solo miradas intensas de Gabe. Nada más. Si él no hacia un movimiento pronto, iba a estallar. Sabía que él me deseaba, sabía que había química entre nosotros. Si él no iba a hacer algo, entonces yo lo haría. ¿Estaría siendo atrevida? Sí. Tiempos desesperados requerían medidas desesperadas. No iba a ir virgen a la universidad, eso era seguro. Así que cuando me vestí esta mañana, decidí ponerme una falda de cuadros, no como la de mi escuela, y una camiseta sin mangas. Dudé si salir de casa con o sin sujetador y, finalmente, decidí no usarlo.

Gabe siempre miraba mis senos. Aunque no era demasiado obvio, yo me daba cuenta, porque él no podía evitar ver mis pezones duros a través del delgado material de mi camiseta. Por un segundo, pensé que sería demasiado. Si bien estaba yendo para ser niñera... también quería seducirlo. No iba a pasarme el verano esperando que hiciera su movimiento. No, si quería pronto su pene en mi vagina, necesitaba hacérselo saber cuanto antes.

—Finge hasta que lo consigas —me susurraba a mí misma. Como tenía cero experiencia en el sexo con los hombres, mi única aventura sexual había consistido en besar a otras chicas durante las fiestas. Era divertido, seguro y hasta un poco caliente, y los chicos, bueno, los chicos que veían siempre lo disfrutaban. Aunque algunos de ellos se me habían acercado, nunca me había mojado por ellos. Nunca quise que me tocaran y nunca consideré que alguno tomara mi virginidad. No, yo quería que fuera alguien especial.

Alguien como Gabe.

Ellos eran chicos, todos eran inmaduros y actuaban como si supieran algo sobre sexo, pero yo tenía el presentimiento que no habían hecho nada porque, en realidad, no sabían qué hacer. En cambio, con Gabe, sentía que él se aguantaba solamente porque yo era muy joven. ¡Pero no era tan joven! Bueno, y tampoco pensaba que él fuera muy viejo.

Me mordí mi labio inferior recordando mi reputación en la escuela privada. Todos creían que era muy experimentada porque siempre daba consejos y explicaba trucos que había leído en internet. Sabía qué hacer cuando se trataba de sexo, ya fuera oral, vaginal o anal. Había visto tanto porno que estaba esperando que el sexo fuera igual en la realidad.

"Finge hasta que lo consigas", me repitió mi voz interior en mi cabeza y asentí con confianza. Necesitaba eso, especialmente si quería que Gabe me mirara como algo más que la niñera de verano y que tomara mi virginidad.

"Sin sujetador".

Tiré el sujetador de forma atrevida en mi cama. Me di un vistazo de nuevo en el espejo, sintiéndome satisfecha con mi apariencia. Mi falda era corta y coqueta. Las diminutas bragas debajo harían parecer como si no llevara ropa interior si él levantara mi falda. Mis pezones estaban duros y mis senos, grandes y redondos, llenaban la camiseta.

"Perfecto".

Estaba lista para matar o, mejor dicho, estaba lista para tener sexo.

Cuando Gabe abrió la puerta esta mañana, no pude evitar reparar en cómo sus ojos fueron inmediatamente a mis senos, y él inhaló ligeramente. No pude evitar observar cómo me miró con curiosidad, con una mirada interrogante, probablemente queriendo saber por qué no llevaba un sujetador. En realidad, no había sido tan atrevida hasta el momento. Entonces, crucé mis brazos y los puse debajo de mis senos para acentuar mi escote. Sí, ahora sí, eso era atrevido.

Gabe tosió con fuerza y aclaró su garganta.

—Es tarde —murmuró y agarró su maletín. —Ashley está en la esquina. —Salió apurado, me miró una vez más y luego cerró rápidamente la puerta.

―――

Cuando escuché la puerta abrirse esa noche, habían pasado unos minutos de las siete y Ashley estaba dormida en su camita. Yo estaba en la cocina lavando los platos de la cena.

—Oh —dijo Gabe, entrando desde el garaje. Obviamente, estaba sin palabras.

No era mi culpa. Él me había sorprendido. Yo estaba inclinada, llenando el lavavajillas. Me paré de inmediato y me di cuenta de que mi falda se había subido y él podía ver mi trasero y la delgada línea de mi tanga. Casi suelto un plato al piso y me disculpé. Tanto trabajo en seducirlo y... ¿Qué hombre se ponía caliente por una mujer llenando el lavavajillas? Las próximas palabras que salieron de su boca me sorprendieron... pero en forma positiva. —No tienes por qué disculparte.

3

*abe*

MARY LO ESTABA HACIENDO ADREDE. Yo lo sabía. Era la primera vez que no tenía un maldito sujetador para tentarme con sus tetas alegres, tanto como lo había hecho con sus muslos suaves la noche cuando nos conocimos.

No iba a pretender ser un santo. Amaba cada vez que Mary mostraba ese redondo trasero, esas largas piernas y la forma en que sus pezones chocaban con su camiseta. Sí, era un imbécil por observarla, pero solo era un hombre, un hombre caliente con bolas pesadas.

La escuela había terminado, la secundaria era cosa

del pasado para Mary, quien vino a cuidar a Ashley con una falda corta que me recordaba su viejo uniforme. Mi mente me decía que me alejara y lo había logrado hasta ahora, pero mi pene se endurecía cada vez que la veía. ¿Duro? No, era como un pedazo de metal en mis pantalones.

Era la tercera vez esta semana que regresaba a casa y la veía moviendo sus caderas. La primera noche, fue en la sala de estar con la aspiradora encendida, moviendo esas caderas hermosas al ritmo de la música que salía de sus auriculares. Pensé que me iba a correr en ese mismo instante.

¿Esta noche? Encima añadió esa maldita falda coqueta y una maldita camiseta blanca por donde podía ver sus pezones duros a través de la tela. Incluso podía ver que eran de un rosado oscuro. "Maldición".

Intenté y logré no gruñir en voz alta. La hubiera casi violado ahí, en ese mismo instante, pero creí que no le gustaría eso. Demonios, me tuve que ir corriendo de la casa por la mañana o la hubiera tomado sin rodeos. Estaba convencido de que Mary no querría un hombre mayor, como yo. Me lo había estado preguntando por días. ¿pero ahora? Ahora ella, quizás...

Quizás sí..., la forma en que miraba mi erección y lamía su labio inferior era una prueba evidente. Sus pezones eran como puntas de lápices y su falda mostraba, prácticamente, todo su trasero.

—¿Ashley está dormida? —confirmé. Si iba a hacer

a Mary mía, quería que Ashley estuviera ajena a todo. No quería interrupciones para lo que le iba a hacerle a Mary.

—Así es —dijo ella—. La llevé hoy al club y jugó por horas en la piscina. Pude ver que se podría convertir en una nadadora olímpica. Es natural.

En ese mismo momento, nosotros nos miramos y comenzamos a reírnos. Mirándola, no pude evitar sacudir mi cabeza. Por la forma en que hablaba y se movía, Mary era la perfecta combinación de juventud y sensualidad. No era solo una cara bonita con un cuerpo que quería follar de inmediato. Tenía una personalidad que podía alumbrar cualquier habitación, y eso era tan erótico que solo el sonido de su voz endurecía más mi pene, como si fuera posible.

—Suficiente de Ashley —dije, acercándome a ella.

Levanté mi mano para colocar parte de su cabello detrás de su oreja antes de pasar mis dedos por su mejilla. Su piel era muy suave en contraste con la mía, era como la de toda mujer y yo amaba a las mujeres. Amaba cómo lucían más pequeñas a mi lado, pero ninguna había sido Mary. Las mujeres con quienes había estado antes nunca dejaban de mencionar lo seguras que se sentían conmigo, como si yo las fuera a proteger de cualquier daño. Nunca lastimaría a ninguna mujer, ni permitiría que una fuera lastimada por otro. Era un caballero.

Por la forma en que Mary me miraba, intuía que

era igual con ella. Le gustaba la sensación de estar a mi lado y ser pequeña. Anhelaba esa sensación. Deseaba que yo la protegiera. Aunque no había pensado en eso antes, estaba pensándolo ahora y me di cuenta de que no me importaba. Había algo en Mary que me impulsaba a querer conocerla mejor, saber sus gustos y sobre lo que no le gustaba, lo que la calentaba y lo que no lo hacía. Quería saber cómo sería en la cama y, cuando pensaba en eso, ya no era un caballero. Quería saberlo todo. Quería saber si ella se sonrojaba en todos lados. Quería saber si ella estaba tan mojada como yo sospechaba. Quería saber qué sonidos haría cuando metiera mis dedos en ella por primera vez, cuando colocara mi boca en su vagina y cuando la llenara con mi gran pene. Quería saber cómo luciría cuando se corriera.

Sí, ese era mi pene "hablando". Podría tomar todas las decisiones de mi vida por mí, nunca me había fallado. No creía que me fallara ahora con Mary. Mirándola con sus senos contra mi pecho, sus pezones tocándome, no podría imaginarme cómo esto podría ser una mala decisión. Mary era el paquete completo de cara, cuerpo y cerebro. Eso la hacía un espécimen raro en la población femenina y eso que conocía muy bien esa población.

Mordió su labio y me miró a través de sus largas pestañas.

Me alejé un paso, pero mis ojos seguían en ella. La colocaron en su lugar.

—Ven —le dije, sacándola de la cocina y llevándola al sofá de la habitación principal y ella me siguió—. Has sido una chica mala, ¿cierto, Mary? —Vi la forma en que sus ojos se abrieron al instante y se congeló. Abrí rápidamente la boca y expliqué, asegurándome que no tuviera una mala impresión—. La forma en que me estás seduciendo, ¿cierto? —fueron las palabras que salieron de mi boca—. Eres una chica traviesa mostrándome tu trasero y tu tanga. Esos pezones duros. Eres una chica mala, ¿cierto?

Me sorprendí cuando sus labios se curvearon para formar una sonrisa y asintió.

—¿Por qué? —Era joven y hermosa y podría tener a cualquier chico que quisiera. ¿Por qué estaba seduciendo a un tipo de más de treinta años? Su lengua rosada salió y lamió su labio inferior—. ¿Porque quiero que tomes mi virginidad?

"¿Tomar su virginidad? Maldición". Mi pene se endureció todavía más, algo imposible.

—Nunca hubiera pensado... —Fue mi turno de sonreír. Aunque Greg sí había mencionado que algunas de sus estudiantes hicieron un pacto para perder su virginidad antes de la universidad, como su Jane... —Eres una de ellas, ¿eh?

—¿Vamos a seguir hablando? —preguntó ella, colocando su dedo en su labio.

"Maldición". Nunca dejaba de sorprenderme. Cuando llegó por la mañana, yo nunca podría haberme imaginado que ella era virgen. ¿Pero hoy? Su ropa, sus pezones duros, sus miradas calientes indicaban experiencia. Nunca hubiera esperado ese tipo de confianza en una chica de dieciocho años, mucho menos en una que fuera virgen. Me gustaba esa dicotomía. Zorra y virgen, al mismo tiempo. De alguna forma, estaba presionando todos los botones adecuados de mi interés. No me sorprendería si me corriera en mis pantalones solo por hablar con ella. Estaba conteniéndome demasiado después de pensar en sus pechos todo el día.

—Eres una chica impaciente, ¿cierto? —le dije con una sonrisa traviesa—. Traviesa e impaciente... —lo dije más para mí mismo que a ella. Me había sorprendido con su confianza y su atrevimiento. Me encantaba. Y me iba a encantar follarla.

—Bueno, he estado esperando por dieciocho años. Creo que he esperado suficiente.

—¿Crees que puedes aguantar mi pene con esa vagina virgen? —Sí, ella podría aguantarlo. Sería algo ajustado. Su vagina estaría muy apretada, pero sí entraría. Estaba hecha para contenerme.

Las reglas habían cambiado. En ese momento mismo, ya no era su jefe y ella ya no era la niñera. No, era la mujer que iba a follar. Mary lo quería y no estaba escondiéndolo para nada, especialmente con sus pezones "mirándome" directamente. Yo tampoco estaba escondiendo nada; deslicé mi mano debajo de mis jeans y me toqué el pene en frente de ella. Mi pene estaba feliz de ser tocado, pero solo estaría satisfecho cuando lo enterrara en su interior caliente y húmedo.

Sus ojos se abrieron con sorpresa con lo que estaba haciendo y noté cómo se estaba moviendo ahí parada y cómo su respiración se entrecortaba. Era bueno saber que yo no era el único que estaba cachondo. Sabía a dónde llegaría esto. Ella era la virgen. Pudo haber comenzado esto, pero no había duda de que ella quería que yo lo terminara.

Sacando mi mano de mis jeans, me acerqué y deslicé mi mano por detrás de su falda para tocar su trasero. Ella lo levantó un poco y yo moví mi mano por su suave piel. Era caliente y suave, redondo y hermoso. Perfecto.

—¿Entonces quieres que te folle? —le pregunté, dejando las pretensiones de lado. Claro, si me había estado seduciendo desde el principio. Yo no era un mártir. Solo era cuestión de tiempo para que sucumbiera y ese momento era ahora mismo. Ella asintió y mantuvo el contacto visual. "Sí, fóllame", parecía pensar y me lo decía con la intensidad de sus ojos esmeralda—. ¿Cómo es que nadie ha follado tu vagina virgen antes? —Con sus ojos en mí, se encogió de hombros— ¿Alguien te ha tocado? —le pregunté con curiosidad, y cuando ella movió la cabeza para decir que no, coloqué mi fuerte brazo en su cintura y la atraje para que se sentara en mi regazo en el sofá, pero no la jalé hacia a mí, sino que la coloqué para que viera la habitación. Me miró una vez sobre su hombro y luego desvió la mirada.

No pude evitarlo, mis manos exploraron su piel y se movieron de sus pezones traviesos a sus muslos internos. Solo un pequeño movimiento y ya estaría justo en su entrada, con mis manos listas para tomarla. De repente, tuve la genial idea de probarme, cuánto demoraría hasta perder el control. A mi pene no le gustaba la idea, pero él no estaba a cargo. Esta era su primera vez y yo quería que ella estuviera tan caliente que se corriera, incluso, antes de que la follara.

Colocándola ahora para que quedara, prácticamente, echada sobre mi pecho, levanté su falda, moví la ínfima tanga y revelé una delgada línea de vello que estaba sobre su vagina.

—Demonios, bebé. Estás empapada.

La tanga estaba empapada con sus propios jugos y yo sentí que mi pene se movía en mis pantalones. Contra su trasero. Ahí quedó la prueba. Con ella en mi regazo, abrió las piernas y colocó las plantas de sus pies en el sofá. Oh, sí, mi chica estaba ansiosa.

—Te gusta eso, ¿eh? —le pregunté cuando comenzó a gemir, cuando mis dedos se deslizaban por los labios de su vagina. Quedaban empapados y yo estaba extático. Mary estaba igual de ansiosa que yo, igual de necesitada, y no había ni una parte de mí dentro de ella... todavía—. Oh, maldición... gime más fuerte y me harás correrme en mis pantalones.

—Gabe —dijo ella, su voz estaba ronca—. Hmmm...

Dejó caer su cabeza sobre mi hombro izquierdo y arqueó su espalda; sus pechos traviesos quedaron apuntando al techo. Sus ojos se cerraron mientras sus caderas se movían. Sus dientes perfectos y blancos mordían su labio inferior. Con tanto deseo, era más hermosa aún. Apasionada. Fácil de calentar. Perfecta.

Su falda de cuadros se arremolinó sobre su cintura y yo agarré la pequeña tira de su tanga y la rompí. La delgada pieza de tela estaba empapada de su aroma y arruinada por sus jugos. La lancé al suelo. Comenzó a mover sus caderas hacia el techo mientras mis dos dedos comenzaron a dibujar círculos invisibles en su clítoris. Comenzó a hincharse, ansioso, solo para mí.

—Méteme los dedos, por favor —rogó ella y yo sentí una oleada de orgullo atravesar mis venas. Era tan traviesa, tan atrevida.

Le daría lo que quería, esta vez, pero pronto aprendería quién estaba a cargo. Deslicé dos dedos dentro de su interior y comencé a meterlos y sacarlos cuidadosamente, evitando esa membrana delgada que probaba su virginidad. Obviamente, la iba a atravesar, pero lo haría con mi pene. Su respiración se entrecortó mientras yo me tomaba mi tiempo en explorar sus paredes internas. Esta sería su primera vez y necesitaba experimentarla de la mejor manera y yo se la iba a dar.

Cuidándome de no entrar muy profundamente, doblé mis dedos de forma particular, haciendo una especie de gancho que alcanzara una parte diferente de ella, esa pequeña porción de carne que la haría ronronear. Sus ojos se abrieron cuando comencé a mover mis dedos una y otra vez, manteniendo esa posición; sus gemidos se convirtieron en gritos y comenzó a temblar sobre mí. Demonios, era muy sensible. Con sus caderas, tocaba mi pene sin saberlo. No me sorprendería si nos hubiéramos corrido juntos aunque llevara mis pantalones puestos. Igualmente, sabía que mis pantalones ya estaban húmedos con líquido preseminal. Estaba igual de ansioso que ella.

—Me voy a correr, Gabe... me voy a correr —gimió ella y, en ese instante, saqué mis dedos.

Gimió nuevamente y arqueó su espalda. Insatisfecha. Como yo quería. La haría correrse, pero quería que supiera que iba a ser con mi pene dentro de sí misma.

No había terminado con ella todavía. Solo estaba comenzando.

4

—Todavía no, pequeña. No te vas a correr todavía. Me has estado seduciendo todos estos días... —dijo Gabe, levantándome de su regazo para incorporarse. Me giró para mirarme a los ojos—. Eres una chica mala.

A pesar de que era yo quien estaba encima de él, me sentía muy pequeña ante él. Sus rodillas estaban abiertas y podía ver su erección intentando escapar de sus pantalones. Él se tocaba de arriba abajo, tocaba su hombría, pero sus ojos azules nunca abandonaban los míos.

En esa posición, frente a él, podía sentir cuánto mi vagina lo necesitaba. Después de que estuvo acariciando mi clítoris y metiéndome los dedos, todo lo que deseaba era su pene dentro de mí, penetrándome una y otra vez hasta que gritara su nombre. Casi me había corrido y eso había sido solo con sus dedos. Aunque me había tocado antes para correrme, nunca fue como esta sensación nueva. No debí habérselo dicho, que estaba por correrme, maldición, porque fue en ese momento cuando sacó sus dedos y dejó de asaltar mi clítoris, dejándome desesperada. Y yo era una chica impaciente.

—Párate en la esquina y muéstrame tu trasero —dijo Gabe, acercando su brazo para acariciarme una nalga. Mi falda había caído ya sobre sus manos, pero parecía casi ilícito que me tocara por debajo.

—P...pero... —comencé a decir, confundida, y con mi voz sonando decepcionada—Yo... yo pensé...— "¡Pensé que íbamos a tener sexo! ¿No era ese el paso obvio después de que me metieras los dedos?".

De repente, me dio una nalgada en el trasero con su gran palma. Me dio una maldita nalgada y se sintió demasiado bien. Ese ligero dolor se convirtió en más calentura.

—Te voy a enseñar el valor de la paciencia, mi querida pequeña —dijo él, con su mano todavía acariciándome por detrás. A medida que pasaba cada segundo, me calentaba y me mojaba más. Esa sensación en mi vagina estaba regresando y era demasiado intensa para controlarla... pero era algo exquisito. Me sacudí en frente de él. Me encantaba cómo estaba sucediendo. Era muy diferente de masturbarme o darme placer yo misma. Si bien me mojaba y me calentaba cada vez, la emoción y excitación de ser controlada por alguien no la tenía. Y Gabe me estaba controlando. ¿Pararme en la esquina? ¿En serio?

Aunque quería que me follara de inmediato, comprendí que no lo haría. Quería que me comiera —él sería muy bueno en eso— con su lengua y su boca en mi vagina. Quería desnudarlo de sus ropas y ver su cuerpo desnudo, ver cómo era su pene y ver lo grande que estaría. Juzgando por el bulto en sus pantalones, su pene era enorme y me iba a partir en dos. Quería sexo. No quería seguir siendo virgen. Quería correrme. Quería todo eso, pero *tenía que esperar*. Gabe no quería que esto fuera solo tomar mi virginidad. No, él quería que esto fuera algo más o si no ya lo habríamos hecho.

Y por alguna extraña razón, a mí me gustaba la sensación de no recibir lo que tanto deseaba. Me gustaba la sensación de hacer lo que Gabe decía o escuchar algo de autoridad.

A mi madre ni le importara yo. ¿Y a mi padre? Menos, estuvo ausente desde que yo tuve dos años. Excepto por el hecho de querer ir a la universidad local, en vez de a una universidad al otro lado del país que mi madre había escogido, yo siempre había conseguido todo lo que deseaba. Igual mi madre.

No iba a embellecer las cosas. Mi madre era una

perra. Era hermosa, incluso a su edad, y le gustaba aprovecharlo. Siempre tuvo hombres ricos siguiéndola como cachorritos, quienes sabían que estaba detrás de su dinero, y, sin embargo, todos se comprometían con ella. Debía de haber sido muy buena en la cama, porque les absorbía toda su riqueza y yo siempre me beneficiaba del "trabajo" de mi madre. Fue así como me envió a las mejores escuelas y tuve absolutamente todo lo que necesitaba y deseaba. Vacaciones en el extranjero eran la norma y tener los últimos productos y el ropero con las últimas tendencias de la moda era obligatorio. En este momento, yo no estaba recibiendo lo que deseaba, o sea, ser follada, y me sentía emocionada por escuchar un "no" rotundo por primera vez. Y lo recibí de un chico como Gabe. Eso me hizo calentar más aún.

Después de un largo silencio, Gabe apretó mi trasero y arqueó una ceja. Yo retrocedí e hice lo que él me había pedido. Caminé hasta el final de la habitación y me paré en la esquina.

—Sube la falda. Más, súbela más y muéstrame ese trasero. Buena chica. Sostenla ahí y no dejes que caiga esa falda. —Suspiré al observarlo. Sentía que mis mejillas ardían y mis jugos se deslizaban por mis muslos. Quería secarlos de alguna forma ya que sabía que él podía verlos, pero no quería arriesgarme a bajar mis brazos.

Fui yo quien lo había provocado y yo sola me puse

en esta situación, siendo virgen. Era más que claro que nunca había hecho algo así. Podría haber hablado mucho, pero la verdad era que no sabía qué hacer.

"¿Debería comenzar a desvestirme y hacerle un baile?".

"¿Quiere que le muestre más que mi trasero?".

"¿Me acerco a él de nuevo después de que me dijo que me parara en la esquina?".

Me estaba poniendo nerviosa con cada segundo que pasaba. Él, probablemente, notó cómo me sentía y cortó el silencio.

—Me gusta ver tu trasero, bebita... ese gran trasero que tienes...

No podía ver su cara, solo la suave pared blanca. Con mi espalda hacia él, noté el tono travieso de su voz. Su voz era fría y grave y, sin embargo, podía escuchar un poco de excitación en ella. Él sabía lo que iba a suceder luego, pero de alguna forma podía esperar, podía castigarme en vez de darnos placer a los dos.

—Coloca tus manos en la pared y dobla tu cintura. Saca tu trasero para que pueda verlo todo. Todo tu trasero.

Hice lo que me dijo. Coloqué mis palmas en la fría pared y me incliné. Con una mano, levanté mi falda que se había bajado con los movimientos y le di la vista de mi trasero desnudo que tanto pedía. No solo mi trasero, sabía que toda mi vagina estaba a la vista. Si él tenía alguna duda de mi deseo por él, desaparecería ahora. Con mi cabeza baja, podía verlo por entre mis piernas, sentado en el sofá, mirándome mientras se tocaba el pene. Él lo había sacado de sus pantalones cuando yo estaba volteada y no pude evitar ver lo bien dotado que estaba. Era de un color ciruela oscuro y había una vena pulsando en todo el cuerpo de esa longitud. Su puño lo agarraba con dureza y lo tocaba de arriba hacia abajo. La cabeza era un bulto y pude ver cómo salía un fluido claro de la pequeña línea en la punta. Usó su pulgar para agarrar ese líquido preseminal y tocarse con él. Era la primera vez que veía un pene en la vida real y los músculos de mi vagina se apretaban automáticamente. Me sentí mucho más caliente y mojada, como si eso fuera posible y casi perdí el balance con el volcán de calor que se concentraba en mi interior. No podía esperar más para que ese monstruo estuviese dentro de mí. Abriéndome. Llenándome hasta el fondo.

—Muéstrame cómo te tocas, Mary... —dijo él mientras se masturbaba—.¿Qué haces cuando estás sola?

Respiré profundamente y coloqué dos dedos sobre mi clítoris. En la misma posición, comencé a dibujar círculos pequeños mientras mi mano libre estaba en la pared sosteniéndome.

—Hey, hey —dijo él—. No coloques tus dedos en tu vagina. Eso es solo para mí. Mis dedos van ahí. Mis dedos te dan ese placer o mi pene. Nada más. Dilo.

—Tus dedos. Tu pene —dije a punto de correrme.

—Así es. Esa es mi vagina ahora, ¿cierto?

—Tu vagina —repetí. Mi mano necesitaba estar en la pared o no iba a poder permanecer parada.

—Hmmm... así que te gusta jugar sola, ¿cierto? —dijo él con tono burlón—. ¿Eso fue lo que te enseñaron en la escuela católica? —Cuando sacudí con mi cabeza, Gabe añadió: —Creo que tengo que castigarte... te convertiré en una buena chica.

—Pensé que te gustaban las chicas malas. ¿No son aburridas las chicas buenas? —dije con mis dedos tocando mi clítoris.

Desde donde estaba, pude ver la sonrisa inmediata en su cara. Él comenzó a sacudir su cabeza. Le tomó un poco responder.

—Pero las chicas buenas obtienen lo que quieren... ¿no querías perder tu virginidad?

—Sí —dije rápidamente, pareciendo demasiado ansiosa.

—¿Vas a ser una buena chica esta noche? ¿Vas a dejar de provocarme y te vas a comportar?

Asentí, pero no antes de decirle:

—No lo sé. ¿Las chicas buenas se sientan en el regazo de papi?

Mientras seguía en la misma posición logré ver cómo sus ojos se abrían. Dejé de tocarme, quería que él me hiciera correr y lo miré con ganas. Probablemente, estaba sorprendido por mi respuesta y por no haber dudado al llamarlo "papi". Algunas veces me sorprendía a mí misma.

Quería que cuidara de mí, que me disciplinara, que me colocara en la esquina cuando lo necesitara. Quería su guía, especialmente al follar.

—Ven aquí, pequeña —dijo él, finalmente. Dejó de tocarse, pero sus piernas seguían abiertas y su pene estaba fuerte y algo sin vergüenza. No podía esperar a saborearlo, a sentirlo dentro de mí. Jane me dijo que la primera vez había dolido y que había sangrado un poco, pero Greg la había cuidado. ¿Me ocurriría lo mismo? No podía pensar en eso, no ahora. Había estado seduciéndolo muy bien, a pesar de estar tan nerviosa.

Finalmente, me levanté y me tomé un momento antes de avanzar hacia Gabe, había estado mucho tiempo doblada. Me tomé mi tiempo, estaba un poco nerviosa por lo que ocurriría ahora. Él estaba en lo cierto. Yo lo había estado seduciendo en los últimos días. Era la única forma en que podía obtener lo que quería. Gabe era demasiado bueno. Necesitaba seducirlo si quería que tomara mi virginidad. No podía pretender ser inocente y angelical y esperar que el sexo llegara a mí. Creía que las oportunidades no caían en el regazo de uno. Las oportunidades se hacían, justo como hizo mi madre. Ella quería un hombre rico que le diera una gran vida e hizo la oportunidad al seguir siendo hermosa, a pesar de su edad.

¿Quería perder mi virginidad con Gabe? Pues busqué la oportunidad y lo seduje para que me viera como una mujer y no como una chica. Aunque él me había llamado "pequeña", no me hacía sentir como tal.

—¿Estás cómoda? —me preguntó cuando me senté en su regazo. Bueno, era más que estaba a horcajadas sobre él con mis rodillas a cada lado de sus caderas. Fruncí el ceño un poco cuando me di cuenta de que había abotonado su pantalón y no podía ver su pene. La única pista era el duro bulto que aún podía sentir debajo de su pantalón. ¿Por qué lo había guardado?

—Lo estoy... —le respondí asintiendo y mordiendo mi labio—. Escondiste tu pene de nuevo...

—Lo hice. —No pude evitar percibir la malicia en su voz y en la forma en que sus ojos miraban los míos — ¿No te dije que las chicas buenas necesitan ser pacientes? —Asentí por segunda vez— Estará dentro de ti en poco tiempo, pequeña. Te abriré esa vagina virgen y te llenaré tanto que tendrás que mover tu trasero para que pueda entrar.

Cuando dijo eso, no pude evitar inhalar con fuerza y chocar mis labios con los suyos. No podía esperar más. Con cada minuto que pasaba me mojaba más y más, al punto que me asustaba no poder aguantar lo que sentía dentro y causaría un desastre en frente de él. Él sabía cómo encenderme, sin duda. Dios, lo sabía. Aunque estaba mojada desde la primera vez que lo conocí en la cena en la casa de Greg.

Incluso mejor, sabía cómo hacer los juegos previos. Me provocaba repetidas veces y cuando estaba cerca de correrme, él se alejaba. Hacía unos minutos, él me estaba metiendo los dedos y estuve a punto de terminar, luego él me llevó a la esquina para jugar solo. Ahora estábamos de nuevo en el comienzo, besándonos. Y sin un pene a la vista.

Yo no iba a esconder la verdad. Nunca lo hacía. Como dije, era una chica impaciente y él debía haberlo notado cuando comencé a moverme y rozarme, con mis delgadas piernas atrapando sus piernas llenas de músculos. Él también respondía. Incluso mejor, él estaba igual de ansioso y con la misma cantidad de impaciencia que yo. Sus manos exploraban cada pulgada de mi cuerpo y sacó mi camiseta fuera de mi falda para que sus manos pudieran pasar y tocar mis senos. Para sentirlos y llenarlos con sus palmas.

—Eso se siente tan bien... —dije con los ojos cerrados mientras movía mis labios desde su boca a su cuello. Cuando mordí un poco, él se alejó algo y comenzó a sacudir su cabeza— Esta noche no, Mary. —A pesar de su rechazo, sus labios se curvaron en una sonrisa infantil. Era adorable ver ese tipo de sonrisa en un hombre como él.

—Tengo trabajo mañana... no puedo tener marcas. ¿Qué van a pensar mis clientes? No puedo decirles que fuiste una chica mala y me hiciste marcas.

Pensé en decir algo travieso, algo como que él no

tenía que preocuparse por lo que ellos pensaran y que, probablemente, estarían celosos de que él estuviera teniendo algo de acción. En vez de eso, recordé que era una buena chica o, al menos, estaba jugando a serlo. Yo quería ser lo que él quería que fuera.

—De acuerdo, seré una chica buena —dije con la sonrisa más angelical... como si yo pudiera tener una sonrisa así.

—Perfecto. —Fue su respuesta. —Y sabes que los papis dan premios a las buenas chicas, ¿cierto?

—¿En serio? —Yo permanecía encima de él y él estaba tocando mis senos, sus dedos estaban jugando con mis pezones, pero habíamos dejado de besarnos— ¿Qué obtienen las chicas buenas?

Los próximos segundos fueron los más intensos que haya sentido. Podía sentir que me miraba e intentaba leerme y yo estaba haciendo lo mismo con él. Aunque no sabía lo que sentía o pensaba él, lo único que yo tenía en mente era que un hombre atractivo tomara mi virginidad. No, no solo atractivo. Que fuera él. Gabe.

Ya no era solo un extraño que me iba a follar. Mientras más lo conocía y pasaba tiempo con él y su sobrina, más quería estar en su vida, incluso después de tener sexo. Una vez no sería suficiente.

—Ellas obtienen un pene grande y duro en esa vagina virgen. Ellas reciben mucho semen caliente que las llenará. Y ellas pueden gritar con el placer que reciban. ¿Es algo que quieres o quieres pararte de nuevo en la esquina?

Lamí mis labios en anticipación.

—Quiero que tomes mi virginidad, que me llenes hasta el fondo.

Sus ojos nunca abandonaron los míos, pero escuché un gruñido desde su pecho. Después de lo que se sintió como una eternidad, él finalmente asintió.

—¿Estás tomando pastillas anticonceptivas? —preguntó él—. No quiero nada entre nosotros. Cuando te folle, te follaré sin nada y desnudo.

Casi suspiro de alivio porque tenía la respuesta perfecta para eso. Asentí. Me he inyectado.

Esta vez fue el turno de Gabe de soltar un gran suspiro mientras su mano estaba en mi seno izquierdo. Pinchó mi pezón y me hizo suspirar.

—Perfecto. Te veo en mi habitación. Voy a ver a Ashley primero y asegurarme que está dormida. Quiero que sepas esto, pequeña, no te voy a follar de inmediato. Tengo otras cosas que enseñarte primero.

Hice lo que me dijo, al igual que en los demás días que había estado en la casa de Gabe. Todo lo que él pedía, ya fuera llevar a Ashley a algún lado o hacer alguna diligencia, yo lo hacía sin dudarlo. Nada se sentía forzado porque quería complacerlo y mejor lo iba a hacer esta noche.

Mientras me alejaba de él e iba hacia la escalera, podía sentir que sus ojos me miraban. Por fin, iba a suceder. Iba a tener sexo por primera vez. Iba a recibir su gran pene dentro de mí. Iba a ser una buena chica y sentir cada pulgada de su pene sin condón y mientras me llenaba la vagina con todo su semen. Era tan viril que yo sabía que iba a ser mucho. Tanto que iba a deslizarse por mis muslos y me iba a empapar por dentro y por fuera.

Estaba nerviosa y asustada, pero no podía esperar más. *Finalmente.* No había vuelta atrás. Caminé hacia la habitación principal. No pude evitar la sonrisa que se dibujaba en mi cara.

5

Gabe estaba dentro de mí, dentro de mi boca precisamente. Así que esto era... chupar penes... y me encantaba.

En serio, podría verlo todo el día. Estaba mirando esas líneas tensas en su cara desde mi posición de rodillas en frente de él. No solo era por su tamaño, la longitud y el grosor... que me tomaría todo un día para describirlo. Todo su pene estaba perfectamente formado, incluso su textura dentro de mi boca era una sensación que no se podía superar. La punta era muy suave. Se sentía muy delicada, pero todo el resto era lo opuesto, duro como una roca. Su erección se sentía como metal en mi mano y entraba y salía de mi boca como un taladro. No podía evitar hacer sonidos al atragantarme cuando la punta entraba y golpeaba mi garganta y Gabe, probablemente, estuviera más caliente con los sonidos que yo emitía, y la forma en que agarraba mi cabello era la prueba.

Aunque era cuidadoso, me empujaba. Al principio, pensé que no podría meterlo por completo en mi boca, pero poco a poco entraba cada vez más. La saliva me recorría la barbilla y respiraba su aroma por mi nariz.

—Eres una muy buena chupadora para papi.

Él, metiéndome los dedos, yo dándome placer mientras él me miraba y él plantándome un camino de besos por toda mi piel, todo eso se sentía genial, pero yo chupándoselo era de otro nivel. Obtuvo mi interés en el sexo en la intimidad del acto y en el poder detrás de las acciones. Sin embargo, mientras yo estaba de rodillas, tomé definitivamente algo de su control cuando tomaba su pene en mi boca. "Las chicas buenas son recompensadas".

Sus manos estaban a cada lado de mi cara, tenía un agarre fuerte en mis mejillas y seguía metiendo y sacando su pene de mi boca. Su cabeza se iba hacia atrás mientras liberaba una serie de gruñidos que sonaban primitivos y hambrientos, como del verdadero alfa que Gabe era, y yo cada vez sentía que me mojaba más. Estaba lista para él, más que lista y podía notar que él también lo estaba.

Lentamente, lo sacó de mi boca y me miró de pie a cabeza.

—No me voy a correr en esa boca. Puede que puedas chupar el semen de mis bolas, pero lo quiero en lo profundo de tu vagina, no en tu estómago. Sácate tu camiseta, pequeña.Yo todavía la tenía puesta, pero él la había colocado por encima de mis senos para verlos mientras se lo chupaba. Ahora parecía que lo distraía, así que me la quité por encima de la cabeza y la tiré al suelo. Mi falda ya me la había quitado hacía tiempo y, ahora, estaba totalmente desnuda en frente de él, arrodillada a sus pies. Delante de su pene. Esperando mis próximas instrucciones.

—Quieres complacer a papi, ¿cierto?

Asentí.

—Sube a la cama. Arrástrate, pequeña.

Temblé con deseo al escuchar su profunda voz, sus órdenes. Me sentía como una pequeña puta. Su puta. Mientras él quería que yo fuera una chica buena, me sentía una mala chica. Pero lo que papi quería, él lo obtenía, así que fui hacia la cama arrodillada, con todo mi trasero a la vista y mis senos balanceándose mientras me movía, todo a la vez que él observaba con su pene afuera, pero totalmente vestido.

Me giré, me eché de espaldas y lo esperé. Con un simple arqueo de ceja, me dijo lo que quería, que estaba esperándome. Abrí mis piernas ampliamente, mi vagina estaba abierta y lista para él, llorando y rogando desesperadamente ser tomada por él.

Los dedos de Gabe agarraron su camisa y la sacaron sobre su cabeza. Sus pantalones bajaron hacia sus tobillos y los pateó hasta que todo lo que podía ver era pura carne. Yo respiré hondo. Esta era la primera vez que lo veía totalmente desnudo, todo él. El primer hombre. Era mi primero en muchas maneras. El traje y las mangas largas que usaba hacían un gran trabajo en esconder su físico. Era flaco y muy musculoso, como un nadador o un corredor, pero no era muy delgado ni escuálido y su piel estaba definida por duras líneas sinuosas.

Sonaba estúpido, pero el único adjetivo que me venía a la mente para describirlo era "duro", no solo ahí abajo, sino en todos lados. Desde sus brazos hasta sus piernas, incluso su pecho y sus abdominales, era la fuerza en persona. Quizás era algo de los arquitectos. Él siempre hablaba de que iba a visitar los sitios de construcción y se ponía a trabajar. Estar bajo el sol con un martillo lo había endurecido y yo no me estaba quejando.

Mi mente regresó a la realidad cuando él se subió a la cama y sus manos comenzaron a recorrer mi piel. Tuve un ligero escalofrío al sentir su tacto. Ningún hombre me había tocado como lo estaba haciendo él en ese momento. Me encantaba la sensación de sus largas y cálidas manos en mi suave piel. Era una nueva sensación, una a la que me tendría que acostumbrar.

—¿Estás segura de que quieres esto? —preguntó, mirándome a los ojos.

Él había estado llevando el control todo el tiempo, diciéndome qué hacer, enseñándome cómo darme placer y cómo dárselo a él. Incluso me enseñó a chuparle el pene. Pero follar mi vagina virgen era algo totalmente diferente.

Era diferente escucharlo pedir mi consentimiento y yo no iba a negar que el hecho que me preguntara hizo que me derritiera. Se hacía desear aún más. Él dominaba y controlaba, pero yo sabía que todo el tiempo me estaba cuidando, asegurándose de que yo aceptaba y quería todo lo que hacíamos y lo que íbamos a hacer. Por eso lo llamé "papi". Él era todo lo que yo buscaba en un hombre, me entendía y comprendía mis necesidades, física y emocionalmente.

Un segundo o dos pasaron antes de que reuniera el coraje para decir lo que estaba pensando. Podría haberle dicho algo rápido, una respuesta sin pensar, pero había algo en el momento que me presionaba a poner mis sentimientos a la vista.

—No pude pensar en nadie más con quién podría hacerlo. Fóllame, papi.

Vi la sonrisa en su cara cuando dije esas palabras y no pude evitar responderle con otra sonrisa. Él se acomodó en mis muslos y agarró una de mis caderas para abrirme.

En ese instante, sentí su punta en mi entrada. Sus ojos estaban en los míos mientras lo sentía entrar, una pulgada a la vez. Él era enorme y me abrió mucho. Me llenó de una forma que nunca pude haber imaginado.

—Papi —dije, y luego comencé a jadear mientras él entraba más.

—¡Qué buena chica! Así es. Te estoy llenando.

Jane estaba en lo cierto, dolía al principio. No pude abrir mis ojos mientras intentaba acostumbrarme a la sensación. Greg lo había manejado mucho mejor de lo que ella esperaba, ya que no tenía ni idea de lo que estaba haciendo. Yo esperé que él se hubiera rendido, que dijera que, quizás, esta noche no iba a funcionar, que él no iba a perder su tiempo con una virgen cuando podía encontrar a una mujer más experimentada que no sangrara o estuviera adolorida durante el sexo. Gabe no hizo nada de eso.

Lo que hizo fue asegurarse de que me acomodara a cada pulgada de él. Que lo estaba tomando a su debido tiempo. Como estaba mojada, eso no era una preocupación, pero estaba muy estrecha. Demasiado estrecha.

—Eres enorme.

—¿Demasiado? —preguntó él.

Sacudí mi cabeza y me impulsé hacia él un poco

más. Luego pude sentir cómo me mojaba cada vez más mientras su pene estaba dentro de mí.

Con un movimiento sorpresa, me volteó y quedé encima de él. El vello suave en mis piernas me picaba, luego lo miré.

—Entró todo —dije, sorprendida, complacida, y moviendo mis caderas para ajustarme a la nueva posición.

Él sonrió.

—Lo hiciste. Recibiste todo el pene de papi. Ahora llévalo de paseo. De arriba hacia abajo. Así es. Quiero observarte.

Colocando mis manos en sus hombros, me levanté y me dejé caer, empalando mi vagina en él una y otra vez. Observé a Gabe que permanecía con sus ojos fijos en mis pechos. Estaban balanceándose rítmicamente con mi movimiento y cuando me acerqué a él para que mi clítoris tocara su piel, se acercó y agarró un pezón en su boca. Cuando lo mordió gentilmente, yo me corrí.

—Demonios, pequeña, me voy a correr. —Gabe me agarró con fuerza y luego se corrió. Pude sentir cada ráfaga de su semen llenándome.

Estaba sudorosa y era un desastre mientras intentaba levantarme. Justo como había imaginado, su semen salía y cubría nuestros muslos. Había algo rojo que demostraba lo que había hecho. Me había follado por primera vez. Me hizo suya. Después, colocó sus manos en mis caderas y me mantuvo quieta.

—Deja que papi esté dentro tuyo por otro minuto. No es como si pudiera tomar la virginidad de mi chica todos los días.

Acercándome, lo besé, complacida de que él había sido el de mi primera vez. Fui esa noche a casa con el semen de Gabe chorreando de mi vagina y por mis piernas. Me rehusé a tomarme una ducha, feliz de que él me hubiera marcado y me dormí caliente y pegajosa.

La siguiente mañana no me quería despertar. Había soñado con Gabe, con sus manos, con su boca, con la sensación de tenerlo dentro de mí, mi primera vez teniendo sexo. Aunque era en todo lo que quería pensar, me desperte con los gritos de mi madre que venía con muchos folletos en su mano.

—¿Por qué estamos recibiendo correo de la universidad local? —preguntó ella, abriendo mis persianas y sentándose al lado de mi cama.

Solté un gruñido e intenté cubrir mis ojos ante la súbita y brillante luz. Había llegado tarde a casa y me había dormido de inmediato. Probablemente, solo tenía cinco horas de sueño y, con seguridad, no necesitaba a mi madre gritándome al oído. A ella no le importaba que hubiera llegado tarde anoche, que me hubiera follado a mi jefe o que hubiera perdido mi virginidad. Solo le importaban los folletos de la universidad local y que pudiera terminar arruinando sus planes.

—Me suscribí al periódico... —No quería sentarme y pelear. No quería hablar y discutir con ella. Solo quería soñar y pensar en Gabe. Podía sentir el dolor entre mis piernas. Su pene se había sentido enorme dentro de mí y no estaba acostumbrada. Estaba adolorida donde rompió mi himen y sentía el semen seco en mis muslos. Por un momento, olvidé lo que estaba diciendo, pero luego vi su expresión de ira y me enfoqué en ella, no en mi vagina recientemente estrenada.

—No sabía que me iban a enviar correo.

—¿Ya no habíamos hablado de eso? El mejor programa para ti es al otro lado del país. ¿Por qué quieres abandonar tu futuro y quedarte aquí? ¿Quieres que te mantenga hasta que seas mayor? ¿Es eso? —Tiró los folletos en mi cama y me miró con mala cara— Te he dado una gran vida y te he dado todo lo que has necesitado y deseado. Mary, no puedo hacer esto por siempre. Vas a tener que ser independiente algún día y eso va a comenzar al final del verano cuando vayas a la universidad.

No sabía lo rápido que podía cambiar de humor hasta ese momento.

—Ya lo sé, mamá. —Intenté no poner los ojos en

blanco en frente de ella— No digo que no voy a ir a la universidad. Quiero quedarme aquí porque será más barato para mí. Eso es lo que quieres, ¿cierto? ¿Quieres que sea inteligente? ¿Qué viva por mi cuenta? Sé que vas a pagar mi matrícula si voy a esa escuela, pero ¿qué hay de mis otros gastos? Tendría que encontrar un trabajo y ni siquiera eso es seguro. Aquí puedo continuar trabajando para Gabe y cuidar a Ashley. Sería algo flexible y podría pagar mis gastos. No tendría que preocuparme en solicitar trabajos aquí, ya que cuento con uno. No tendría que depender de ti.

Mis palabras la hicieron callarse. No esperaba ese plan. Mi madre pensaba que era una idiota que solo dependía de ella y de su aspecto para sobrevivir. Pensaba que un trabajo como maestra de preescolar era algo estúpido, pero yo no era como ella. Con mi respuesta, no pudo evitar cerrar su boca. No sabía qué decir porque yo estaba en lo correcto. Tenía un trabajo con Gabe. Al menos, hasta que la mamá de Ashley regresara, pero luego, quizás, podría trabajar con ella.

Poco después, mi madre giró y salió de la habitación. Ese fue el final de la discusión, al menos por el momento, y yo no pude dejar de pensar en lo que había sucedido. Mi madre y yo éramos... civiles. Esa era la mejor forma de ponerlo. Ella había estado tan ocupada con su nuevo prometido que apenas teníamos tiempo de hablar y pasar el rato. No me quería cerca, eso era obvio. Tenía que preguntarme si siquiera me amaba. Yo era más una inquilina en su casa que una hija. Quizás fuera hora de irme. El permanecer aquí se estaba convirtiendo en algo tóxico. Ella era tóxica. Yo necesitaba aire fresco. Necesitaba espacio. Necesitaba a Gabe.

6

abe

No podía esperar para ver a Mary. Después de anoche, no podía sacarla de mi cabeza.

Jesús. Su vagina, sus pezones, sus pequeños gemidos. La forma en que se corrió y apretó mi pene como un tornillo. La forma en que me llamó papi.

Nunca me había gustado ese tipo de mierda antes, pero con ella, con ella parecía correcto. Mary necesitaba una autoridad, alguien que la dominara como si tuviera problemas paternales, y yo estaría encantado de dominarla. Sabía que su padre no estuvo presente y que su madre era una perra controladora que quería botarla de la casa. Demonios, quería que Mary se fuera al otro lado del país para que no pudiera interferir en su última conquista.

Con razón, buscaba consuelo de mí. Con razón, quería que me hiciera cargo de su primera vez. Ahora entiendo por qué no iba a dejar que un adolescente con granos tocara su piel pura. Si alguien iba a profanarla, ese sería yo. Y lo hice. Demonios, cuando se paró en la esquina, como una niña castigada, me mostró su trasero con la marca de mi mano.

Si no le hubiera gustado, yo no lo hubiera hecho, pero sus pezones se habían endurecido más, sus mejillas se habían sonrojado y su vagina, prácticamente, goteaba cuando me obedecía.

Yo estaba duro de nuevo y estaba tocando la base de mi pene. No había que decirlo, pero me desperté con una erección y me tuve que masturbar en la ducha. Terminé rápido, fue fácil y casi sin esfuerzo. Solo tuve que pensar en ella, en esos grandes senos y en su trasero y en su cadera y piernas delgadas. Mary era la fantasía de cualquier hombre y era mía. Me corrí de nuevo, sorprendido de la cantidad de semen que estaba saliendo de mis bolas. Tenía que parar y guardar algo para ella. Tenía que llenar esa vagina de nuevo y verla chorrearse.

Temprano por la mañana, le mandé un mensaje para que viniera más tarde, al mediodía, y no a su hora usual, para que pudiera dormir. La hice trabajar duro anoche. Y hoy haría el almuerzo para los dos. Le dije que estaba trabajando desde casa, así que podría cuidar a Ashley durante la mañana. Igualmente tenía que asistir a una reunión esta tarde y estaba complacido de saber que ella me estaría esperando cuando regresara a casa. ¿Estaría de nuevo vistiendo esa falda atrevida y sin sujetador? Mierda, mi pene de nuevo estaba con líquido preseminal.

Le tomó un tiempo responder y decirme que llegaría aquí a la hora del almuerzo. Bien. No iba a esperar mucho más para colocar mis manos en ella. Tenía una sonrisa de mierda en mi cara. Ella ya no era una virgen. Por mí. Ese pensamiento me puso feliz. Había algo emocionante al haber tenido sexo con una virgen. Una virgen sexy y atrevida llamada Mary.

Me hacía sentir especial, que de todas las personas con quienes pudo haberlo hecho, ella me había elegido a mí. Sabía que chicos y hombres estaban en fila para salir y acostarse con ella. Con un cuerpo y una cara como los de ella, era de esperar. Y, aun así, me quería a mí y yo no iba a compartirla con nadie más. Si un chico se acercaba, iba a saber a quién le pertenecía. A quién le pertenecía su vagina. Yo la había marcado bien.

No podía esperar ver sus ojos esmeraldas. Ya los había memorizado. No me importaba si estaba siendo un sensiblero de mierda, pero podría perderme en su mirada. Sabía exactamente lo que me atraía de Mary. No solo era su belleza, era su persona.

Era independiente y nunca dejaba que nadie pasara sobre ella, y, sin embargo, debajo de ese carácter fuerte y frío, sabía que era la mujer más comprensiva, amorosa y cariñosa que había tenido el placer de conocer. Y ella tenía una naturaleza sumisa que solo quería complacerme. Obedecerme. Siempre hacía lo que le pedía, ya sea llevar a Ashley al parque o desnudarse en frente de mí y tocarse. Hizo todo lo que le pedí sin dudar y sin preguntar. Tenía que averiguar qué otra cosa haría ella que yo le pidiera. Ya no era una virgen, y yo quería hacer todo tipo de cosas sucias. Mary podría ser recatada y correcta fuera de esta casa, pero conmigo, sería una chica salvaje, muy salvaje.

Mi ansiedad por verla me desbordaba, pero con todo el trabajo pendiente que tenía que hacer, la hora pasó rápido. Antes de notarlo, ya estaba corriendo por las escaleras para abrir la puerta cuando sonó el timbre.

En el preciso instante en que abrí la puerta para recibirla, supe que algo andaba mal. Como siempre ansiaba ver su mirada juvenil y su sonrisa traviesa, Mary sabía cómo usar su dulzura o su sensualidad para su provecho y en el momento justo. Mi pene amaba ambas y respondía a ambas. Sin embargo, ahora no había ninguna y yo sentí que mi corazón se constreñía. Algo estaba mal, y quería verla sonreír de nuevo.

—¿Estás bien, pequeña? —le pregunté, colocando una mano en su hombro. Usé ese gesto para hacerle saber que quería que me respondiera honestamente o estaría en mis rodillas.

—Estoy bien. —Fue su respuesta. La había conocido lo suficiente para saber que no estaba bien. Había tenido suficientes novias para saber que "estoy bien" significaba que algo estaba mal.

—Sabes que puedes decirme lo que sea, ¿verdad? —Cierto pensamiento vino a mi cabeza y me puso muy nervioso— ¿Es por lo de anoche? ¿Te arrepientes de lo que sucedió?

Casi suelto un gran suspiro cuando negó automáticamente con su cabeza. Sus ojos se abrieron por la sorpresa y sus labios dijeron:

—¡No! ¡Por supuesto que no! Solo que...

Los cielos debieron haber estado ayudándola porque, en ese preciso instante, Ashley comenzó a llorar y Mary usó la interrupción como excusa para detener nuestra conversación, permitiéndome ir a atender a la pequeña y dejándome con un millón de preguntas en mi cabeza. Sin embargo, no iba a dejar esto así, porque no debería estar acumulando problemas. Mary tenía que saber que podía hablar conmigo. Debía transmitirle la confianza necesaria para que supiera que había más que solo sexo entre nosotros. Para lograrlo, tenía toda la tarde.

Fue tres horas después cuando Ashley, finalmente, tomó una siesta y Mary y yo pudimos retomar la conversación. Le pedí que me siguiera a mi oficina, fui a sentarme en mi silla y ella lo hizo en la silla de cuero al otro lado de mi escritorio. Sin pensarlo, fui rápido y sacudí mi cabeza.

—Siéntate en mi regazo —le dije, tocando mi pierna.

Mary se congeló por un segundo antes de acercarse. Al instante siguiente, ya estaba con ambas piernas sobre mi pierna izquierda y soltó un suspiro de comodidad cuando yo coloqué mi brazo firme alrededor de su cintura.

—Ahora dime qué sucede...

—Pareces un padre. —Fue su respuesta inmediata—. Aunque no estoy segura cómo debería actuar un padre. El mío estuvo ausente. — Fue rápida en corregirse—. O al menos, tú actúas y suenas cómo debería hacerlo un padre...

—Fue por eso que me llamaste "papi", ¿cierto? —le pregunté, con una de mis manos al lado de su cintura mientras la otra estaba en su nuca. Quería que ella me mirara y no escondiera nada—. Estoy aquí para escucharte y ayudarte y darte lo que necesites, ya sea una buena follada o unas nalgadas en mi rodilla.

Mary estaba esforzándose para no llorar, pero yo

proseguí porque necesitaba hacerle saber que no había nada de qué preocuparse. Llorar estaba bien, especialmente si estaba ahí para sostenerla. Con suavidad, moví mis manos de su cintura y cuello para abrazarla toda, la atraje hacia mí para que su cabeza estuviera debajo de mi barbilla.

Comencé a jugar con su cabello, se lo acaricié gentilmente y fue entonces que Mary se dejó ir. Me contó que había peleado con su madre, me dijo que ella no quería mudarse y atravesar el país y que quería quedarse en la ciudad y trabajar en un preescolar. Creía que podría conseguir fácilmente un trabajo si se quedaba, pero su madre quería todo menos eso. Al final, Mary se quedó sin lágrimas y mis brazos la abrazaron con fuerza. Alejé mi cabeza de la suya antes de comenzar a besarla en los labios, en sus mejillas y en su frente. Mis brazos se quedaron a su alrededor, sin dejarla ir y sus manos habían encontrado el camino de mi cintura y se posaron en mi espalda. Mary me abrazó lo más fuerte que pudo y fue la sensación más agradable que sentí.

—Todo estará bien, Mary, —le dije— estaré siempre aquí para ti.

Ella asintió. Abría y cerraba los labios de vez en cuando hasta que, finalmente, dijo:

—¿Me ayudarás a solicitar ingreso en las universidades locales? Ya hice algo de investigación y hay una aquí que ofrece certificados de educación.

—¡Por supuesto! —le dije radiante y sacudí mi cabeza. No necesitaba ponerse nerviosa al pedirme ayuda. Le recordé de nuevo que podía acudir a mí para todo y al decirle eso, la levanté de mi regazo—. ¡Comenzaremos de inmediato!

Mary creyó que estaba bromeando. Como no lo estaba haciendo, le ofrecí sentarse en una silla a mi lado y le di mi laptop para que comenzara el proceso. Ella buscó el formulario de la solicitud de ingreso a la universidad y, después de dos horas de esfuerzo de su parte por completarlo, mientras yo trabajaba en mi último proyecto a su lado, el formulario quedó completo y fue enviado. Después, añadí que la ayudaría a investigar las universidades cercanas para que tuviera varias para escoger.

—Estoy aliviada de saber que tengo algunas opciones, de saber que podré quedarme en la ciudad —dijo, cerrando la laptop. Inclinándose en la silla, lucía exhausta.

Necesitaba un descanso y una idea traviesa pasó por mi mente. No había que pensarlo dos veces, sabía que le encantaría. Me incliné, coloqué mis manos en su cintura y la levanté de la silla para colocarla sobre mi escritorio. Empujé los papeles a un lado, me acomodé en mi silla y abrí sus piernas. La escuché respirar con fuerza cuando se dio cuenta de lo que iba a hacer, entonces tomó mi cabello con su puño, me apretó y se echó en el escritorio.

Ansioso y con una sonrisa traviesa en mis labios, le saqué rápidamente sus bragas. Mary arqueó su espalda cuando mi dedo tocó ligeramente su clítoris soltando un gemido suave y femenino que se intensificó cuando me acerqué y comencé a tocar su entrada con mi lengua. Quería tomarla con suavidad. Quería que supiera que había más de una forma de darle placer. Además, quería saborearla, porque, demonios, sabía muy bien y quería darle la mejor experiencia. No quería apurarme en hacer esto ya que era la primera vez que su vagina iba a ser comida. Quería escucharla gritar, sentir cómo sus dedos estaban en mi cabello, disfrutar sus gemidos.

—Gabe...uh... —Su voz de mujer llenaba la habitación y yo podía sentir cómo mi pene crecía y se endurecía. Quería entrar ahora, pero él no estaba a cargo. Al menos, no en ese momento. Su feminidad, de verdad, era lo que más calentaba—. Eso se siente tan bien...

Le metí un dedo e hice ese pequeño movimiento, simulando un gancho, dentro de su vagina. Eso encendió a Mary como fuegos artificiales. Se sentía tan profundo, y en realidad no lo era, nunca había fallado en enloquecer a una mujer y, por la forma en que Mary estaba gimiendo y moviendo su cintura con mis dedos, yo supe que era increíble para ella también. Después de un rato, quise añadir otro matiz a la experiencia y comencé a lamer su vagina alternado entre un poco de chupar y un poco de morder. Al mismo tiempo, comencé a mover mis dedos más rápido, dentro y fuera de ella, hasta que pude sentir que estaba temblando.

—Me voy a correr... Gabe... Me voy a ...

—Hazlo, bebé —le dije—. Relájate... deja que papi saboree tus jugos.

Y fue lo más dulce que había probado en la vida, figurativa y literalmente hablando. Mi dedo permanecía dentro mientras yo lamía cada gota de su deseo. Aunque tengo que decir que a ella le tomó un rato poder levantarse del escritorio. Y yo no podía evitar tener una sonrisa de niño en mi cara al verla tan satisfecha. Sí, podía satisfacer a mi chica.

7

Mary

Me apresuré en llegar a la casa de Gabe, ansiosa de compartir las buenas noticias. No podía creerlo. "Demonios". Apreté los documentos que tenía en mi mano y entré en mi auto lo más rápidamente que pude. No había nadie en casa, mi mamá había dejado la ciudad con su prometido, así que no había nadie que me regañara o me advirtiera sobre "la mala decisión" que estaba tomando. Sabía que *esta* era la decisión correcta y que mi madre solo estuvo siendo egoísta. Esta decisión no era sobre ella. Era sobre mí, sobre lo que yo quería y lo que me haría feliz.

Toqué el timbre y, en mi emoción, no me di cuenta

de que fuera posible que Gabe no estuviera en su casa. No debía ir hoy. Era mi día libre y yo nunca había ido en un día libre.

De repente, me sentí nerviosa. Honestamente, no tenía idea por qué. Gabe me había apoyado desde el comienzo, sin embargo, me sentía tonta por conducir súbitamente hasta su casa en un impulso. "¿Me querría él aquí? ¿Dónde podría estar?". Mi cerebro paranoico comenzó a divagar. Cuando estuvimos juntos ayer, él no mencionó sus planes para hoy. Solo comentó que lo peor de su trabajo ya había pasado, así que estaba emocionado de disfrutar el ritmo lento de la oficina. Eso significaba que podíamos pasar tiempo juntos, ¿pero entonces por qué no me había invitado a venir hoy? ¿Solo era útil cuando tenía que cuidar a Ashley? ¿Solo me follaba en mis días de trabajo para que fuera algo de trabajo con beneficios? Al pensar en eso, no pude evitar sentir que mi corazón se hundía de repente. Me estaba convirtiendo en paranoica y pegajosa, dos cosas que sabía que eran malas.

Coloqué dos dedos en mi sien y comencé a masajear. Respiré hondo y me dije a mí misma que no debía ser una perra celosa. No habíamos hablado de exclusividad, pero la idea de imaginar a él diciéndole a otra mujer que se parara en la esquina me hacía querer agarrar un hacha. ¿Jugaba el juego de roles con alguien más? Todavía no habíamos determinado el estatus de nuestra relación, maldición, pero yo no quería admitir en voz alta que estaba comenzando a tener sentimientos fuertes por él. Sentimientos profundos. Sentimientos que querían que solo yo fuera su pequeña, ser la única que él lamiera y chupara y la única que follara y por la cual se preocupara.

Ughhh. Cerré mis ojos con fuerza y justo en ese instante, la puerta se abrió y vi los familiares ojos azules que había visto ayer y los días anteriores. Mi corazón saltó al verlo.

—Mary... estás aquí —dijo él, asombrado—. ¿Estás bien?

—Sí... —dije tartamudeando un poco hasta que pude sacar la mejor sonrisa que tenía—. Vine porque... —Apreté los documentos en mi mano y él lo notó. Lentamente, estiró su mano, me quitó los papeles y los miró. Una sonrisa apareció en su cara.

—¿Una carta de aceptación para un programa de enseñanza y una oferta de trabajo en un preescolar? —Su sonrisa era tan grande como la de un gato Cheshire, de oreja a oreja, pero lo que me tomó por sorpresa fue cuando él se acercó eliminando la distancia entre nosotros y me dio un beso en la boca—. Estoy tan orgulloso de ti.

Con esas palabras, me derretí en sus brazos mientras él me metía en la casa y pateaba la puerta para cerrarla detrás de nosotros.

Gabe

—¿A qué hora... tu mamá... va a traer a Ashley? —preguntó Mary entre respiraciones hondas.

Nos pasamos todo el día viendo películas, desde comedias románticas hasta dramas, películas de acción y películas extranjeras. La única vez que interrumpimos la maratón frente a mi gran pantalla de televisión fue cuando llamé a un restaurante chino cercano para que trajera comida. Antes, le había preguntado a Mary si quería salir a celebrar sus dos victorias, ser aceptada en la universidad que quería y obtener un trabajo, pero ella prefirió quedarse y acurrucarse conmigo.

Fue tan lindo cómo lo dijo cuando expresó que quería acurrucarse y tenerme para ella sola. Fue un vistazo a un lado diferente de ella. Siempre era tan confiada, en como actuaba y se movía, y verla tímida e insegura por un momento fue un recuerdo que tendría siempre en mi cerebro. Me mostraba todo de sí y eso me hacía sentir como una maldita estrella de rock.

—Gabe... —dijo ella.

Bajo las gruesas sábanas, mis dedos habían encontrado el camino a sus bragas y estaban tocando la tela. Noté que su respiración estaba entrecortada y que Mary ya no estaba viendo la película. Cerró sus ojos por un momento mientras echaba su cabeza hacia atrás y, en un movimiento de confianza, colocó sus dedos en mi muñeca y movió mi mano por debajo de sus bragas, mostrándome exactamente dónde quería que la tocara y con qué fuerza.

—No esta noche. La próxima semana vendrán —le dije, sin dejar de tocarla—. Ya es suficiente de Ashley y mi madre. —Ellas eran las últimas personas en quienes quería pensar mientras tenía mi mano dentro de las bragas de Mary.

Y diciendo eso, nos volteamos. Su espalda estaba en el sofá y yo quedé sobre ella. Mis dedos continuaron moviéndose en su vagina y sus manos estaban en mi espalda hasta que se detuvieron al final de mi camisa, la jaló y me la sacó por la cabeza. Lo hice con placer. Agarré la camisa y la lancé al suelo antes de comenzar a quitarle su camiseta. No pude evitar sonreír al mirar la tela en su pecho.

—Estás usando un sujetador —le dije—. Nunca usas uno. —Aunque me gustaba el fácil acceso cuando no usaba uno, la ropa interior sexy que llevaba me ponía duro.

Soltó una risa ligera y femenina. "Ah... música para mis oídos".

—Ni siquiera pensé en cambiarme. Vine aquí apenas recibí esas cartas —dijo cuando había recobrado confianza y entonces me miró con una sonrisa muy traviesa—. Tú sabes por qué nunca uso un sujetador.

—¿Y por qué es eso? —pregunté, mientras tenía dos dedos dentro de ella y ella arqueó su espalda en el sofá para que entraran más.

—Estaba intentando que tuvieras sexo conmigo.

—Y yo tomé tu virginidad.

—Has hecho más que eso. —La sonrisa de su cara se suavizó y Mary hizo un movimiento para quitarse sus pantaloncillos cortos y sus bragas. Claramente, eso no era suficiente para mi pequeña calentona—. Tú... tú me cuidas. No solo me enseñas sobre sexo, también sobre la vida en general. Gabe... tú fuiste el que me ayudó a postularme para la universidad y para los trabajos de preescolar. Has hecho más que nadie... más que mi propia madre... eres como un novio y un padre combinados. Tú me cuidas y...yo...

Se detuvo. De repente estaba nerviosa, pero lo escondió al cerrar sus ojos y enfocarse en la forma en que mis dedos entraban y salían de ella. Yo no quería que estuviera nerviosa, nunca conmigo. Ya debería saber que siempre estaría aquí para ella, pero parecía que no lo sabía, parecía que había dicho mucho o dijo algo muy serio demasiado pronto. ¿No sabía que era la "elegida" para mí? No la hubiera follado de lo contrario.

—Creo que me gusta eso —dije, haciendo que me mirara colocando un dedo en su barbilla—. Ser tu novio y tu papi.

Sus ojos se abrieron al escuchar sus propias palabras y comenzaron a buscar los míos para buscar la verdad. Lentamente, el nerviosismo y las arrugas de su frente comenzaron a desaparecer, pero quedaban algunas, así que logré quitarle un poco el nerviosismo. Estaba conmigo. No necesitaba estar asustada de nada.

Acerqué mi cara a la suya y le di besos suaves y fuertes en los labios. Sus manos fueron a mi ropa, me sacó mi camiseta por la cabeza y mis pantaloncillos cortos de mis piernas hasta que estuve desnudo y mi pene quedó contra su muslo. Seguía con las bragas y el sujetador puestos, pero quitarlos fue algo fácil y estuve feliz de hacerlo.

—Gabe... —dijo cuando sintió que le introducía mi pene. Arqueó su espalda en el sofá para darme un mejor acceso. Ya no era virgen, su vagina se abría bien para mí ahora. La había tenido de muchas formas desde esa primera vez y no me había corrido en ningún otro lugar que no fuera en el fondo. Me correría en su boca alguno de estos días, pero no estaba listo para dejar de follarla.

Penetré y penetré hasta que no podía entrar más, la cabeza de mi pene estaba al final de su pasaje. La miré y vi la sonrisa en su rostro y no pude evitar besarla de nuevo. Había algo en ella, muchas cosas, en realidad. No podría señalar solo una. Me hacía sentir tanto y no quería dejar ir esos sentimientos. Mejoraba mi vida, especialmente con sus sonrisas, y por supuesto, con el sexo. Con cada penetración, con cada uno de sus gemidos, yo pensaba "mía".

—Demonios... —gruñí cuando ella abrió más las piernas para que mi pene pudiera entrar más. Colocó la parte trasera de sus tobillos en mi hombro, sus gemidos aumentaron, eran casi gritos y yo seguía penetrando, entrando y saliendo de ella. Demonios, ¿Cómo supo hacer eso?

—Tan salvaje... —murmuré.

Agarraba mi cabello, yo agarraba sus senos, su trasero y su clítoris y comencé a acelerar el ritmo. Mary estaba gritando ahora, estaba gritando mi nombre para que lo escucharan todos los vecinos. No me importaba. Me encantaba cuando gritaba. Era como mi trofeo por ganarla. Era, definitivamente, algo que aumentaba mi ego la forma en que amaba lo que yo le hacía, pero más importante que eso, me decía que estaba disfrutando cada pulgada de mi grueso pene.

—Mary... —respiré su nombre y supo lo que eso significaba. Sentí que mi pene vibraba en su interior, y pronto mi semen comenzó a inundar su vagina. Continué penetrándola con suavidad, de adentro hacia afuera y cuando lo saqué finalmente, ambos sonreímos al ver mi semen saliendo de su entrada.

—Sí, ya no eres virgen. Esa vagina es mía. —Miré sus ojos verdes—. ¿Cierto, pequeña?

—Sí, papi. Mi vagina es solo para ti.

—Ven aquí —le dije, estirando mi brazo para que

pudiera colocar su cabeza en mi pecho. Mi sofá era del tamaño exacto para poder acostarnos y acurrucarnos. Se acercó a mí y enlazamos nuestras piernas y mi brazo quedó sobre sus pechos. Después le planté un suave beso en su cabello—. Sabes que no te voy a dejar ir, ¿cierto? —añadí. Cuando ella me miró, sus ojos estaban llenos de sorpresa y amor. Sonrió.

—Me gustaría, porque no quiero ir a ningún lado.

8

Mary

—Mary...

Escuché su voz. Era como una súplica, pero era una orden en realidad. Gabe era "mi papi". Sabía que él no era mi padre. Dios, eso era asqueroso. Sin embargo, era todo lo que quería en un hombre. Aunque era empático, era dominante. Yo lo llamaba ahora así sin problemas, "papi", y siempre respondía bien. Me decía que me sentara en su regazo y me acurrucara con él y yo amaba eso. Se sentía tan grande y cálido en contraste con mi pequeño cuerpo. Cada vez que estaba con él sentía que nada malo iba a sucederme porque él me iba a proteger.

—Mary —dijo él, caminando hacia donde yo estaba sentada en el sofá. Como siempre hacía, me agarraba por la cintura y me llevaba hacia su regazo. Coloqué mi cara en su cuello y respiré hondo. Me sentí cómoda de inmediato, como si pudiera cerrar mis ojos y dormirme—. ¿Qué te está molestando? Ven, dile a papi tus problemas. ¿No te dije hace dos noches que no te iba a dejar ir?

Asentí.

—Ves, eso significa que tenemos que abrirnos con el otro. No puede haber secretos entre nosotros si queremos que esto funcione... ¿sabes? —continuó hablando, tomó una pausa—. Para siempre es mucho tiempo para esconder algo.

No tenía que probarme. Me sentía segura con Gabe. Incluso mejor, sabía que él me iba a ayudar con mis problemas. Esa noche me dijo que nunca me iba a dejar ir, lo escuché y sentí la sinceridad en sus palabras y acciones. Él no estaba solo hablando mierda. Era un hombre de verdad y nunca haría eso. Esa noche, todo el tiempo que estuvimos dormidos, me tomó con fuerza en sus brazos y en su pecho.

Con todos estos pensamientos, no pude controlar mis sentimientos. Comenzó el llanto y empeoró cuando él me abrazó con más fuerza y comenzó a acariciar mi cabello.

—Es solo que... —"A la mierda". Yo no era la más bonita al llorar. Mis ojos se enrojecían, mi nariz se llenaba de mocos y mi cabello se pegaba a las lágrimas de mi cara. Pero mis sentimientos... ya no los podía controlar... no me ayudaba que Gabe me sostuviera con amor y cariño, como si estuviera sacando mis lágrimas—. Esta semana...ha sido muy estresante... tuve una gran pelea con mi mamá. —Limpié mi nariz con mi mano y proseguí—. No quiero quedarme... menos en ese lugar, así que mi amiga Sally y yo comenzamos a buscar apartamentos para mudarnos.

—Shhh... —dijo él, mientras jugaba con mi cabello. Se sentó derecho en el sofá para poder colocar mi cabeza en su pecho y eso me encantaba. Cuando le dije que no quería ensuciar su camisa, me dijo que me calmara y que no le importaba. Lo que le importaba era que dijera lo que sentía para poder mejorar.

Todo lo que podía pensar era en lo afortunada que fui por haberlo conocido. Él me había dado un trabajo cuando necesitaba uno y me había tomado cuando yo era la más atrevida y sucia y quería perder mi virginidad, pero él me había dado mucho más.

Aquí estaba, prometiéndome el mundo y tomando una gran responsabilidad. Yo sabía que era una carga para él, pero me trataba como si fuera el hombre más afortunado por tenerme. Yo también me sentí igual cuando él dijo:

—Deja de buscar apartamentos. Puedo ayudar a tu amiga Sally a buscar uno, pero tú te quedarás conmigo.

Dejé de llorar por un momento mientras levanté

mi cabeza para mirarlo. Hablaba en serio. "¿Quería que me mudara con él? ¿No era ese un gran paso?".

—Mary... te he dicho una y otra vez que eres mía —comenzó a decir y sonrió— ¿Cuándo vas a comenzar a creerme?

Me tomó un tiempo responder. Sabía lo que iba a decir. Era solo que... no podía creer lo que estaba sucediendo. Estaba tan preocupada en buscar un nuevo lugar y aquí estaba Gabe resolviendo otro problema mío en menos de un minuto. Comencé a llorar de nuevo. No podía evitarlo. No podía creer que él hiciera esto por mí. No podía negarlo ahora. Él se preocupaba por mi bienestar.

Le respondí eliminando la distancia entre nuestros labios. Cuando abrió su boca, yo aspiré su aliento antes de meter mi lengua para jugar con la suya. Sus brazos me sostuvieron y mis dedos empezaron a jugar con su cabello. Gabe había comenzado a deslizarme para acostarme en el sofá cuando sonó el timbre. Él lo ignoró y dejó que sonara mientras nos besábamos, pero cuando el molesto ruido comenzó de nuevo, se despegó de mí con aspecto irritado y parecía que iba a asesinar a alguien. Me senté en el sofá y esperé a que regresara.

En vez de eso, sentí un escalofrío recorrer mi columna cuando escuché una voz familiar. Antes de saberlo, estaba mirando directamente los ojos de mi madre.

9

abe

"A la mierda con esto".

Ya no iba a esperar más. Habían pasado tres días y no había tenido noticias de Mary. La noche cuando su madre vino a mi casa pude ser testido de la dinámica entre las dos y, honestamente, no tenía nada bueno que decir. Por la forma en que se movía y hablaba, no podía respetar a la madre de Mary. ¿Cómo pudo una persona tan comprensiva, hermosa y cariñosa haber salido de alguien así? Eran muy diferentes, excepto por los ojos verdes, aunque eso era discutible. Los ojos de Mary eran de un tono esmeralda brillante, mientras que los de su madre eran de un verde pastoso. Sacudí mi cabeza y dejé de pensar. Odiar a la madre de Mary no iba a colaborar en nada para ayudarla. Después de esperar tres días y sin recibir llamada alguna, decidí actuar.

Hablé con mi amigo Greg, él a su vez habló con Jane, quien sabía dónde vivía Mary y así pude obtener su dirección. No tenía idea por qué no sabía, hasta el momento, dónde vivía Mary. Jane tenía sus dudas al comienzo. Me advirtió que si iba sin anunciarme, mientras la madre de Mary estuviera ahí, luego se desquitaría con Mary. Le pedí a Jane que fuera más específica y explicara lo que había dicho. ¿Le pegaba? Había visto y tocado cada pulgada de Mary y no vi ninguna cicatriz o moretón. ¿Abuso verbal? Jane dijo que no sabía, solo me advirtió que no hiciera algo estúpido. Para calmar sus nervios, le dije que coordinara con Mary para dormir ahí cuando no estuviera su madre. Luego, yo iría a buscar a mi chica.

Eso sería hoy.

Y finalmente, iba a verla de nuevo.

Habían pasado solo tres malditos días, pero me parecieron más. Con la ausencia, la quería mucho más. No tenía ningún cuerpo cálido que me abrazara, ni nadie con quién ver películas y acurrucarme en el sofá. No había ninguna vagina caliente ni pezones rosados. No había un trasero. Llegaba a una casa vacía todos los días ya que Ashley seguía con mi madre. Me sentí solo en poco tiempo y no iba a esconderlo. Extrañaba a Mary.

Estacioné mi auto en la entrada a su casa, honestamente, aunque no había pensado qué iba a hacer o decir. Lo único que había planeado era que tenía que asegurarme de que Mary estuviera bien. Quería verla, besarla, hablar con ella y tener sexo con ella, y no tenía que ser en ese orden. Bueno, yo quería hacer todo eso a la vez mientras tenía sexo con ella. La extrañaba y estaba preocupado. No me gustaba haber perdido el contacto con ella y necesitaba confirmar que estuviera bien. Ella me llamaba "papi", después de todo, y yo me lo tomaba muy en serio.

Cuidarla llenó una necesidad en mí que no sabía que tenía. Mi sobrina, Ashley, era diferente. Sí, yo cuidaba de ella, pero ser el tío de una niña pequeña y el papi de Mary eran dos cosas muy diferentes, pero mostraban mi naturaleza protectora.

Sin embargo, mi última novia formal nunca me dejó cuidar de ella. Peleaba conmigo a cada paso del camino y como la amaba lo suficiente, cedía solo para darle lo que necesitaba. Quizás fue por eso que no funcionó. Obviamente, necesitaba más. Necesitaba controlar y sentir que estaba haciendo una diferencia en la vida de alguien. No obstante, mi ex no quería que participara en su vida o interfiriera en sus decisiones. Después de unos pocos meses, me di cuenta de que yo no era importante para ella, solo era un juguete sexual. Quizás era alguien con quien hablar. Un amigo, no un hombre.

En ese entonces, puse mis necesidades en segundo lugar, solo para redescubrirlas ahora con alguien nuevo.

Mary.

Ella me necesitaba. Necesitaba que la cuidara. Cuando la tenía en mis brazos me sentía invencible, como un superhéroe de la vida real y no quería ni iba a renunciar a eso. No cuando era mutuo, pues me necesitaba de la misma forma que yo la necesitaba a ella. Sí, ciertamente, había una diferencia en nuestras edades, pero al diablo. Mary era mía. Mía para consentirla, darle nalgadas y hacerla sonreír. Mía para tenerla en mi regazo. Mía para follarla hasta que fuera un desastre y quedara sudorosa y temblando.

Solo... mía. La quería de vuelta. La quería para siempre.

Acababa de salir de mi auto y caminé hacia la puerta del frente. Estiré mi brazo, toqué el timbre, pero antes de hacerlo, la puerta se abrió y Mary saltó a mis brazos. Piel con piel, sentí su mejilla en mi cuello. Sentí la humedad de su rostro inmediatamente porque comenzó a llorar apenas me vio.

—Bebé... —dije, acariciando su cabello. Sus piernas estaban en mi cintura y yo la cargué a la casa — No llores. Estoy aquí ahora. Papi está aquí.

—¿Cómo...? —dijo ella. Había dejado de llorar, pero seguía lagrimeando—. Tú nunca habías estado...

—Jane... le pedí que me diera tu dirección y me aseguré de venir cuando tu madre no estuviera en casa. No está aquí, ¿cierto?

Mary negó con la cabeza y luego la colocó nuevamente en mi cuello. Sentí su aliento cálido en mi piel y no pude controlar que mi pene no se endureciera con la sensación. Tenía ese efecto en mí y, probablemente, no ayudaba que sus senos estuvieran contra mi pecho.

—Vamos a mi habitación —dijo ella y yo la seguí hacia las escaleras. Mary señaló su cuarto. La coloqué en su cama y fue hacia atrás para recostarse sobre el respaldo de madera. Hice lo mismo y pasé mi brazo por sus hombros para jalarla hacia a mí.

—No has respondido mis llamadas y mensajes... Jane dijo que tu madre confiscaría tu teléfono, pero te lo dejaría agarrar una hora al día... —Al decir eso no pude evitar hacer una mueca. Quería romper algo cada vez que le enviaba un mensaje a Mary y ella no me respondía.

—¿Qué...? —Vi cómo los ojos de Mary se abrían con sorpresa—. No recibí nada de ti... —Comenzó a pensar antes de mirarme de nuevo—. A menos que mi mamá borrara todo. Ella me decía que tú solo estabas usándome. Que yo era joven y sin experiencia mientras tú eras maduro y con experiencia. Mi mamá estuvo con muchos hombres, así que confié cuando ella me dio sus consejos... me dijo que tipos exitosos como tú nunca buscan chicas como yo. Que, probablemente, me habías follado para divertirte y que ibas a olvidarme. Me dijo que buscarías una mujer exitosa, independiente, que supiera cómo...

Se atragantó en la última frase. No me gustaba que su madre jugara con las inseguridades de Mary de esa forma. Mis manos se convirtieron en puños y respiré hondo para controlar mi temperamento. Era bueno que su madre no estuviera en casa o hubiera hecho algo que podría hacer que Mary me odiara.

—Eso es pura mierda —dije rápidamente—. Eres perfecta, Mary. Eres inteligente, divertida y hermosa. Tu risa me hace feliz. Eres amable. Cariñosa.

Mary lloró todavía más cuando le pregunté cuál era el problema realmente, y no me respondía, pero el rubor en sus mejillas lo hizo. Mi mujer joven e inocente necesitaba otro tipo de seguridad. Enterré mi mano en su cabello y traje sus labios a los míos para que pudieran hablar por mí. Mientras lo hacía, mi mano fue hacia su sudadera y de ahí fue directo hacia los labios mojados de su vagina donde estaba su clítoris.

—Eres perfecta en la cama. Eres caliente. —Metí mis dedos en su vagina y esparcí sus jugos en su clítoris— Estás mojada. Siempre estás muy mojada para mí. Me encanta follarte y me encanta tu vagina estrecha y dulce. —La toqué con más fuerza y ella levantó sus caderas de la cama, presionando mi mano mientras yo le besaba su cuello y la empujaba a la cama. No iba a follarla en su habitación, no cuando su madre podría llegar en cualquier momento, pero me iba a asegurar de que supiera cómo me sentía y lo hermosa y perfecta que era.

Aumenté la velocidad de mi mano y trabajé su cuerpo hasta que estuvo empapada debajo de mí, con un orgasmo atravesándola mientras arqueaba su cuello en un grito silencioso.

Solo para probar mi punto, no la dejé descansar y comencé a trabajar con mis dedos de nuevo y metí dos para tocar la base de su vientre. Gimió y yo agarré un pezón con mi boca a través de su ropa y mordí gentilmente mientras mi pulgar jugaba con su clítoris.

—¡Gabe! Papi, por favor... —Sus gemidos sin aire me hacían temblar y yo estaba cerca con solo mirarla, tan cerca de correrme dentro de mis boxers que necesité una fuerza de voluntad épica para aguantarme. Mi semen era para ella, solo para ella y quería que estuviera en lo hondo de su cuerpo para que supiera a quién le pertenecía, quién la había reclamado. Para que supiera quién la quería también.

—Córrete para mí, bebé. Córrete en mis dedos.

Eso era todo lo que necesitaba, permiso, una orden de su papi, y un lugar donde estar segura. Su orgasmo la atravesó y nunca se vio tan hermosa y tan perfecta como cuando se corrió sobre mis dedos en su colcha rosada.

Cuando terminó, saqué mi mano y chupé mis dedos, mirándola mientras lo hacía para que supiera que yo amaba todo sobre ella, incluyendo el sabor caliente de su corrida en mi mano.

—Nadie me había calentado tanto como tú, bebé.

Me moví por la cama para subir más y la agarré en mis brazos, abrazándola. Era como mi pequeña pelota antiestrés. Abrazarla de esa forma me liberaba de la ansiedad y el enojo que estaba sintiendo.

—Tu madre no me conoce. Tú sí, Mary.

Ella asintió y dijo:

—Es solo que... yo... no tengo mucha experiencia y tú eres mucho mayor y más experimentado. Tienes una casa y un trabajo, una vida, y yo no soy nadie, sabes. Una chica sin valor que apenas acaba de terminar la secundaria.

—Esas son las palabras de tu madre. —Otro punto en la columna de las cualidades negativas de su madre—. Eres dulce, cariñosa y amorosa. Eres hermosa, inteligente y divertida. ¿Después de todo lo que te he dicho, sigues sin confiar y sin creerme cuando te digo que quiero estar contigo?

Negó una vez más.

—Te creo... es solo que... —pausó un momento— Sé que no debo dejar que mi madre tenga poder sobre mí. Soy lo suficientemente grande para vivir por mi cuenta sin tenerla a ella diciendo lo que debo o no debo hacer.

Asentí y la dejé continuar.

—Lo siento, Gabe. Dejé que mi madre ganara esta vez. No sucederá de nuevo.

—Shhh... —dije, tomando su mano y entrelazando nuestros dedos—. No te disculpes o te mandaré de nuevo a la esquina. —Luego, coloqué un dedo en su barbilla para que me mirara. Comencé a abrir mi boca. Se sentía como el momento perfecto para decirlo, rodeada de su vieja vida mientras tomaba la decisión de ofrecerle una nueva.

—Te amo, Mary. De verdad.

Su sonrisa fue respuesta suficiente, aunque Mary siempre me daba más de lo que yo pedía.

—Yo también te amo. Papi.

EPÍLOGO

Mary

—SE SIENTE TAN BIEN PONERLE una cara a tu nombre. ¡He escuchado tantas cosas buenas sobre ti! —comenzó a decir Bethany, orgullosa, en su uniforme militar. No había regresado hacía mucho y yo ya extrañaba mis días con Ashley. Pero ahora que estaba en el programa de enseñanza y trabajando en el preescolar, tenía que admitir que ya no tenía tiempo para ver a la pequeña—. Y gracias por cuidar a mi hija cuando le dije específicamente a mi hermano que lo hiciera él. ¡Te amo para siempre!

No pude evitar reírme.

—Ashley es un pequeño angelito. Nos llevamos

muy bien, cierto, ¿cariño? —le dije a la niña que jugaba en el suelo. La hermana de Gabe tenía su carácter y, por la forma en que actuaba y hablaba, pude ver las similitudes que tenía con su hermano. A ellos les encantaba bromear sin límites y era mucho más divertido aún cuando lo hacían entre ellos. En diez minutos, ya habían logrado resoplar de la risa, nada digno de una dama. Eso me hizo reír todavía más.

Cuando la fiesta terminó dos horas después, mi cara estaba llena de lágrimas y mis mejillas dolían de tanto reírme.

—Las únicas lágrimas que tendrás desde ahora serán de felicidad, ¿de acuerdo? —dijo ella cuando se acercó después de lograr "despedirse" de todos los amigos y seres queridos que había invitado. Estábamos en la sala de estar, el espacio estaba misteriosamente vacío y silencioso solo con los miembros de la familia ahora. Pero Bethany sonrió y me dio un rápido abrazo —. Juro que si mi hermano te lastima va a responderme a mí.

—Espera, ¿qué? —exclamó Gabe—. ¿No deberías protegerme a mí? Soy tu hermano.

Todos nos reímos, antes de que Ashley corriera hacia nosotros, pidiéndole a Bethany que la cargara. Su madre, agarrándola rápidamente, levantó a Ashley en sus brazos y luego la subió a sus hombros. Cuando giré para mirar a Gabe, estaba con una rodilla en el suelo.

Ubicados en el centro de la habitación y con su familia rodeándonos en un círculo, giré para mirar a Bethany. Se suponía que era *su* fiesta de bienvenida, sin embargo, ella tenía una amplia sonrisa en su cara, una sonrisa que me hizo temblar mientras giraba nuevamente, esta vez, para mirar al hombre que quedó arrodillado frente a mí.

—Mary, te amo. Eres la luz de mi vida y me haces más feliz de lo que creía que podía ser. ¿Te casarías conmigo, bebé? —preguntó Gabe y yo solo pude ver su cara. Con su mano estirada y sosteniendo un anillo en una caja, yo estaba tan en shock por él y su propuesta que ni siquiera pude ver el anillo. Sabía cuál iba a ser mi respuesta. Habíamos hablado sobre esto y habíamos comenzado a planear nuestro futuro. Este era el paso obvio, pero nunca soñé que recibiría el anillo de esta manera, con Gabe de rodillas en frente del mundo pidiéndome matrimonio.

Comencé a sentir calor y me sentí ligera, llena de felicidad, mientras recordaba cómo era hablar. Mi respuesta fue algo confusa ya que forcé las palabras para que salieran de mi garganta.

—¡Sí! Sí, me casaré contigo.

Su familia comenzó a aplaudir y Gabe puso el anillo en mi dedo, se levantó y luego me alejó de todos. Cuando estuvimos solos en el comedor con las puertas cerradas, me empujó contra la pared y hundió su nariz en mi cabello y en mi cuello. Su aliento caliente en mi piel me estremecía. Yo estaba caliente otra vez, los músculos de mi vagina temblaban y lo querían desesperadamente.

—Vas a ser mi esposa.

Solo pude asentir.

—Vas a tener mi bebé.

No pude evitar sonreír de oreja a oreja y asentir de nuevo.

—Y vamos a comenzar ahora.

Suspiré cuando me levantó y me empujó hacia la pared, desabotonó su pantalón y me llenó con su duro pene. Había bromeando todo el día diciéndole que no llevaba ropa interior. Estaba tan sorprendida y emocionada, estaba tan caliente y mojada que él entró totalmente como si estuviéramos hechos el uno para el otro.

—¡Sí, papi! Sí —le susurré las palabras que sabía que lo ponían duro y caliente y fuera de control. Me sentía salvaje y lo amaba. Quería que él fuera salvaje y estuviera necesitado. Mi ansiedad por él, por dejarlo tomar el control, era una de las cosas que él amaba de mí. Yo decía que sí a todo y él nunca dejaba de mencionar eso. Estar en una relación con él no requería esfuerzo, como debería de ser. Nunca peleábamos porque sabíamos cómo comunicarnos. Cuando teníamos problemas, era un nosotros contra el problema, en vez de uno contra el otro. Éramos una sociedad, una muy emocionante. Hacíamos nuestras vidas más fáciles y más divertidas y, aunque yo era joven, sabía que este tipo de amor era raro.

—Me voy a correr dentro de ti... te voy a llenar... —dijo él, penetrándome y acelerando cada vez más— Un día vas a llevar mi bebé. Vamos a crear algo hermoso juntos...

—Te amo, papi —fue todo lo que pude decir. Nunca hubiera soñado que tendría la relación perfecta. Había visto muchas de las relaciones fallidas de mi mamá y había perdido la idea de que una relación perfecta existiera, y aquí estaba con una.

—Te amo más —respondió Gabe y con eso, comenzó a penetrar con más fuerza y velocidad, y comenzó a acariciar mi clítoris. Él me penetró sin parar y mis uñas se clavaron en su espalda y mis dientes en su cuello para evitar gritar. Su familia estaba a solo unos pasos, y aquí estábamos, a un paso de superar el borde.

—Voy a correrme, Gabe... Voy a...

—Juntos, bebé —le dije, besándola con fuerza en la boca— Juntos.

Él atrapó mi grito con su beso, su sabor en mis labios era como el cielo y su cuerpo vibró y pulsaba dentro de mí, mi vagina lo drenó y lo reclamó.

Puede que sea suya, pero él también era mío, y con su pene totalmente dentro de mí, su cuerpo temblando, su anillo en mi dedo, cada duda que tenía se esfumó, años de inseguridad desaparecieron y me sentía "en casa". Mi casa eran los brazos de Gabe. Mi papi.

Me había metido aquí al querer perder mi virginidad. Nunca pensé que obtendría mi "felices por siempre".

———

¡Lee Su virgen traviesa ahora!

Jake es un chico malo, es la oveja negra de una de las familias más ricas del pueblo. Se alejó de esa vida de lujos para recorrer su propio camino lleno de motocicletas y tatuajes. Y aquí tenemos a Becca, dulce y pura. Jake va a ensuciarla completamente, le pertenece ahora y nunca la dejará ir.

¡Lee Su virgen traviesa ahora!

OTRAS OBRAS DE JESSA JAMES

Chicos malos y billonarios

Una virgen para el billonario

Su rockero billonario

Su rockero billonario

Un trato con el billonario

Chicos malos y billonarios

El pacto de las vírgenes

El maestro y la virgen

La niñera virgen

Su virgen traviesa

Club V

Esstrato

Desatada

Al descubierto

Libros Adicionales

Suplícame

Cómo amar a un vaquero

Cómo abrazar a un vaquero

Por siempre San Valentín

Anhelo

Malos Modales

Mala Reputación

Bésame otra vez

Ardiente como el infierno

Finge que soy tuyo

Falsa prometida

Dr. Sexy

A todo ritmo

Buscando un bebé

ALSO BY JESSA JAMES

Bad Boy Billionaires

A Virgin for the Billionaire

Her Rockstar Billionaire

Her Secret Billionaire

A Bargain with the Billionaire

Billionaire Box Set 1-4

The Virgin Pact

The Teacher and the Virgin

His Virgin Nanny

His Dirty Virgin

The Virgin Pact Boxed Set

Club V

Unravel

Undone

Uncover

Club V - The Complete Boxed Set

Cowboy Romance

How To Love A Cowboy

How To Hold A Cowboy

Treasure: The Series

Capture

Control

Bad Behavior

Bad Reputation

Bad Behavior/Bad Reputation Duet

Beg Me

Valentine Ever After

Covet/Crave

Kiss Me Again

Contemporary Heat Boxed Set 1

Handy

Dr. Hottie

Hot as Hell

Contemporary Heat Boxed Set 2

Pretend I'm Yours

Rock Star

The Baby Mission

HOJA INFORMATIVA

FORMA PARTE DE MI LISTA DE ENVÍO PARA SER DE LOS PRIMEROS EN SABER SOBRE NUEVAS ENTREGAS, LIBROS GRATUITOS, PRECIOS ESPECIALES, Y OTROS REGALOS DE NUESTROS AUTORES.

http://ksapublishers.com/s/c4

ACERCA DEL AUTOR

Jessa James creció en la Costa Este, pero siempre sufrió de un caso severo de pasión por viajar. Ella ha vivido en seis estados, ha tenido una variedad de trabajos y siempre regresa a su primer amor verdadero, escribir. Jessa trabaja a tiempo completo como escritora, come mucho chocolate negro, tiene una adicción al café helado y a los Cheetos y nunca tiene suficiente de los machos alfa sexys que saben exactamente lo que quieren y no tienen miedo de decirlo. Las lecturas de machos alfa dominantes y de amor instantáneo son sus favoritas para leer (y para escribir).

Inscríbete AQUÍ al boletín de noticias de Jessa
http://bit.ly/JessaJames

www.ingramcontent.com/pod-product-compliance
Lightning Source LLC
LaVergne TN
LVHW011846060526
838200LV00054B/4197